Nêide Mari Faccin Dalmolin

O Meu Amor Por Você

Vitrola editora

Direção Editorial
Vitor Alessio Manfio

Capa e Projeto Gráfico
Carol Palomo

Revisão
Paula Mendonça

Assistente Editorial
Tayná Werlang

A ortografia deste livro segue o Acordo Ortográfico da Língua Portuguesa.

Dados Internacionais de Catalogação na Publicação (CIP)
(Câmara Brasileira do Livro, SP, Brasil)

Dalmolin, Nêide Mari Faccin
O meu amor por você / Nêide Mari Faccin Dalmolin. -- 1. ed. --
Frederico Westphalen, RS : Vitrola Editora, 2022.

ISBN 978-65-89711-65-0

1. Romance brasileiro I. Título.

22-138823 CDD-B869.3

Índices para catálogo sistemático:
1. Romances : Literatura brasileira B869.3
Henrique Ribeiro Soares - Bibliotecário - CRB-8/9314

Vitrola Editora e Distribuidora Ltda.
Rua das Camélias, 321 — Aparecida — CEP: 98400-000
Frederico Westphalen — RS
Tel.: (55) 3744-6878 — www.vitrola.com.br

Apresentação

A começar, gostaria de lembrar que este é meu primeiro livro, portanto me perdoem se não possuo um acervo léxico nobre que me faz capaz de escrever com grande refinamento linguístico.

Este livro é resultado de diversas leituras de romancistas, autores como Jane Austen, Virginia Woolf, Liev Tolstói, Ernest Hemingway, George Orwell, Gustave Flaubert e Franz Kafka — estes são alguns poucos nomes que vieram à minha memória, mas a gama de leituras sempre foi extensa em minha vida. Desde muito jovem me perdia e me encontrava em meio a livros, e as histórias contidas neles sempre me deixavam extasiada.

A partir da faculdade de psicologia, este amor pela leitura se instalou em definitivo em meus dias, e logo surgiu o desejo inerente a todo ser humano de curiosidade, neste caso, sobre a escrita. Foi então que começaram os cursos e consequentemente as diversas leituras sobre como escrever.

Confesso que o mundo da escrita é um desafio enorme, e, veja só, adoro desafios. Agora surgiu o desejo de compartilhar com você, leitor, minha emoção, meu pensamento e, logo, a ação, o livro.

Assim, para suprir algumas dores emocionais, que como citei antes fazem parte da vida, lanço no papel este conto, que traz de modo desordenado as emoções dos dois personagens principais. Foram muitos dias de adaptações, manuscritos, estudos, escrita e reescrita até conseguir transmitir o que realmente eu desejava. O que pode agradar ou não a você, leitor.

A intenção deste romance é principalmente oferecer conhecimento e mostrar caminhos para a compreensão das emoções primárias, trazendo alguns recursos para lidar com as implicações emocionais, pois é sabido que diariamente nos deparamos com emoções que, se não forem aceitas e entendidas, complicam nossa vida de maneira catastrófica.

Se o leitor tiver interesse em conhecer mais sobre emoções, esta obra vai proporcionar algo a mais, que estará no interior de cada capítulo, merecendo uma leitura atenta. Meu desejo é fazer com que você possa se sentir bem ao ler e, dessa forma, tentar identificar quais emoções está sentindo — tristeza, medo, raiva, alegria ou amor —, imaginar-se e viver com mais compreensão e leveza emocional.

Acredito ser possível compartilhar conhecimentos da vida psíquica desta forma, mesmo do lado de fora dos consultórios. Ou seja, todos têm a possibilidade de compreender suas emoções e ver os prejuízos que elas podem trazer na vida se não forem aceitas e compreendidas e, assim, modificadas. Este é o meu objetivo mais profundo ao me lançar neste mundo da escrita.

Seguidamente me deparo com pessoas com dificuldades diante de suas emoções. Pela minha prática clínica ou mesmo em minha vida pessoal, sei que por vezes negamos nosso mundo interno psíquico. Sem aprendermos a lidar com as nossas emoções, estaremos fadados ao sofrimento emocional, diminuindo nossa criatividade e liberdade.

Portanto, no decorrer do livro, ofereço ao leitor o que por vezes é negligenciado na vida, as emoções primárias, por isso este romance é escrito em uma linguagem simples e acessível. Meu desejo é que, após a leitura, você fique atento às suas emoções e cuide delas com carinho, pois são regentes da nossa vida. Devo enfatizar que possuo as mesmas dificuldades emocionais que você. Vamos juntos em busca de mais conhecimento e criatividade para lidar com as emoções de maneira mais harmoniosa.

É importante lembrar que a psicoterapia tem um papel primordial na compreensão e no manejo das emoções de modo rápido e eficaz se a abordagem for adequada. Somente a abordagem psicanalítica requer mais tempo, mas é igualmente eficaz.

Está comprovado cientificamente que podemos amenizar sofrimentos emocionais se forem identificados e tratados na psicoterapia. Logo a vida se torna mais amena, com leveza, bem-estar e harmonia das emoções. O que desejo é que nossos dias sejam cheios de amorosidade.

SUMÁRIO

EMOÇÕES PRIMÁRIAS 9
PREFÁCIO 11
ELA 13
ELE 17
O ENCONTRO 19
OS SINAIS 43
FASES 47
ESSÊNCIA 51
VIAGENS 55
SIGNIFICADOS DOS SINAIS 99
A EMOÇÃO AMOR 111
CARTAS 135
O RECOMEÇO 155
FIM 197

EMOÇÕES PRIMÁRIAS

AMOR
Eu vejo você
A liberdade das emoções
Renascer para a vida
Você me faz sentir
Obrigada!

Convido o leitor deste romance para que se desprenda de suas amarras mentais e se entregue ao simples ato de ler este livro; que se entregue à história contada por mim e pelos próprios personagens. Ele merece uma leitura atenciosa, pois a escrita da autora e dos personagens é um misto de palavras e entendimentos.

A história foi contada sem nomear o casal que vivenciou este conto, para que cada um de vocês, leitores, possa se imaginar nele.

PREFÁCIO

O *meu amor por você* se constrói, antes de tudo, como um convite ao desnudamento — a despir-se dos tabus, dos medos e das moralidades, para, com o coração posto a nu, permitir perder-se no outro. Para além, provoca-nos a olhar para a alteridade que também nos constitui, reparar aquilo dos personagens que da mesma forma é nosso e, em um jogo provocante e, não raro, incômodo às nossas certezas, projetar em suas linhas ficcionais nossos desejos e represálias.

Ao longo das páginas, narrador, Ele, Ela e o si mesmo do leitor se emaranham e se conversam. A narrativa nos chama à responsabilidade da reflexão: controle e fluidez, devaneio e realidade. Não nos resta alternativa, então nos lançamos ao texto e abraçamos o privilégio literário do qual nos fala Foucault: a absoluta liberdade de estarmos loucos. Amamos e odiamos os personagens como a nós mesmos, depositamos neles nossos julgamentos e para eles também dirigimos nossa empatia. Esperamos o triunfo da razão e nos frustramos. A complexidade das sensibilidades humanas não a comporta e se recusa às expectativas.

A obra se constrói enquanto um diálogo honesto, sincero, tão real quanto nossos caprichos, nossas vontades, nossos lampejos. Não se prende aos idealismos, mas se concentra naquilo que é essencialmente humano: inquietude, multiplicidade, imensidão. Assim como seus leitores, orgânicos e imperfeitos, os personagens não se pretendem excepcionais, não se entregam ao dualismo simplista daquilo que se define por bom ou mau, mas, em suas especificidades, eles são, e isso basta.

O meu amor por você faz parte dessas leituras que nos humanizam, que acolhem todo o caos que nos constitui, e, a partir daquilo que é alteridade, aponta-nos o caminho para a ipseidade. O convite é para abraçar, sem comedimentos, tudo o que somos — e eu o aceito! Encerro esta leitura com coragem e vontade de amar e, como leitora, ansiosa pelo que ainda está por vir!

Com afeto, Débora Faccin

ELA

Ela tinha sido uma menina muito bem cuidada pela sua família. Quando jovem, proporcionaram-lhe os melhores estudos em faculdades renomadas. Ela era muito comunicativa em seus diversos idiomas, possuía inúmeros conhecimentos, todos possíveis, que a faziam ser uma pessoa munida de informação para lidar em todas as situações da vida. Aos dezoito anos, saiu da casa dos pais para morar sozinha e terminar os estudos em outro país. Foi morar em Londres, mas era natural da Noruega. Nunca teve problemas de adaptação, sentia-se livre por estar longe de sua família, mas também muito feliz quando se encontravam, tanto na Noruega como em Londres. A família dela tinha muitas posses, o que facilitava muito suas vidas. Nada lhe faltou durante seu desenvolvimento, e assim se tornou uma pessoa com uma integralidade impressionante aos olhos da família, dos amigos e dos colegas de trabalho.

De Londres ela saiu munida de conhecimento. Queria voltar à Noruega, dar continuidade aos seus cursos e colocar em prática tudo o que havia aprendido em todo aquele tempo que passou em Londres. Voltou para sua cidade natal e, como possuía condições de morar sozinha, foi o que fez. Era uma mulher excepcional, dotada de uma inteligência ímpar, bem resolvida em todas as áreas de sua vida, e agora, em plena maturidade, começava a conhecer seu namorado, o que a fez pensar que precisaria de uma outra faculdade, se houvesse, sobre comportamento humano, para dar sequência a um relacionamento. Começou a perceber que o casamento era para almas pouco preparadas, afinal, qualquer um que pensasse um pouco poderia ver que geralmente o matrimônio tende ao fracasso, aos conflitos. Ela era alguém que não se adequava ao casamento, pois desejava apenas amar e ser amada, de verdade.

Seu atual companheiro era um homem que ela admirava muito, de família tradicional daquela cidade, porém totalmente submisso à sua família controladora. Ela havia observado isso, mas calou-se até o dia em que não permitiu que o controle deles adentrasse a relação que ambos haviam construído. A relação amorosa do casal era tranquila, calma, sem muitos arroubos. Eles faziam algumas viagens juntos, trocavam conhecimentos, pois ele também era empresário, e a vida seguia serenamente. Eles resolveram não ter filhos, visto que ambos viajavam muito, e ter filhos e deixá-los sozinhos com empregados ou em escolas não era o que eles queriam, então assim permaneceram com essa decisão. A cada dia novas rotinas se estabeleciam, viagens a negócios, projetos a serem realizados em locais distintos, amigos que passavam a ser incomuns, fazendo com que eles não conseguissem conciliar a vida a dois. A paixão dos dois havia sido engolfada por essas razões. A relação deles não durou muito, pois ela o conheceu e se apaixonou, rompendo a relação com seu companheiro.

ELE

Ele tinha sido um menino muito levado, oriundo de uma família modesta. Seu pai era alcoólatra, de índole duvidosa, fez-se ausente em praticamente toda a infância do garoto e estava sempre envolvido com inúmeras mulheres. A separação de seus pais se deu quando ele completou oito anos. Sua mãe era faxineira e mantinha as despesas do lar, assim como a educação dele e dos seus dois irmãos. Ele sempre se sentiu abandonado, estava sempre entre pessoas, mas nunca conseguia se sentir fazendo parte daqueles que o circundavam. Ele cresceu e foi estudar em uma escola extremamente rígida, o que acabou por reforçar seu pensamento de que sempre fora muito sozinho na vida. Na escola, conseguiu fazer alguns poucos amigos, que por vezes se divertiam, saíam juntos à noite, bebiam, conversavam, namoravam, mas nada nem ninguém preenchia o vazio que sentia em seu peito. Ele se sentia sozinho e já havia se acostumado com aquele vazio.

Quando terminou a escola, foi morar sozinho e trabalhar em uma empresa, mas continuou seus estudos e os diversos cursos, pois sua curiosidade de aprender era enorme. Foi quando conheceu uma pessoa influente no mundo dos negócios que o convidou para gerir uma empresa do grupo. Ele aceitou, porém deveria se mudar para outro país; sairia da Croácia, sua terra natal. E assim chegou à Noruega. Nesse país, ele conseguiu construir seu império após anos de trabalho árduo. Em uma viagem de volta à Croácia conheceu sua esposa e casaram-se apressadamente, pois teriam uma filha em poucos meses, mas ele deveria continuar sua vida na Noruega. E assim, entre viagens, eles tiveram a segunda filha. Sua esposa era uma mulher independente, tinha seu trabalho, era filha de pais ricos, e não se preocupava com o fato de eles viverem uma vida longe um do outro, pois quando estavam juntos se amavam mais.

Na Noruega começa a história com Ele e com Ela que conto a vocês.

O ENCONTRO

Ela abriu a porta, e lá estava aquele homem, com o olhar fixo nela, sentado na poltrona branca, totalmente imóvel, de braços cruzados, demonstrando estar imerso em seus pensamentos, mas na verdade todos haviam fugido da mente dele ao ver quem abria a porta. Ela se despediu daquela criança linda de sorriso maroto e do pai que a acompanhava; era seu amigo e a filha que estavam ali com ela, e que foram embora. Aquele homem ficou inerte, só esperando a vez de ser chamado. Ele e ela trocaram olhares com um leve sorriso em seus rostos. Ela entrou em sua sala e preparou o ambiente para chamá-lo, procedimento comum e que oferecia a todos os seus clientes. Tudo estava a seu contento: a sala, o clima, a vontade de recebê-lo, a hora. Chegou o momento. A partir dali, duas vidas estavam prestes a mudar, e foi o que aconteceu assim que ela levantou de sua cadeira e foi pelo amplo corredor para chamá-lo. Abriu a porta novamente e disse:

— Por favor, entre.

Ele fez um sinal afirmativo com a cabeça e entrou pelo corredor até a sala dela. Ela estava ciente de todos os problemas que o levaram até o seu escritório, porém estava sentindo uma energia diferente que não conseguia entender, mas sabia que devia se ater aos problemas dele e à solução dos mesmos. A empresa dela tinha sido muito bem indicada para a solução de problemas empresariais. Naquele instante ele observava o lindo ambiente do trabalho dela, que não era diferente de sua própria empresa. Estando ele sentado em frente a ela, sentiu algo perturbador, mas manteve a discrição. Até aquele momento, ela não tinha escutado a voz dele.

— Então, o que te traz até aqui?

— Preciso de sua ajuda.

Naquele instante, ela esqueceu todos os protocolos. Aquela voz, aquele olhar, aquela respiração, aquela maneira de sentar; quem era aquele homem? O que ele estaria fazendo em sua frente? Quem o indicou? Como prosseguiria a partir do som daquela voz? E daquele olhar?

Com muita dificuldade, ela seguiu com as perguntas e aos poucos suas questões foram clareadas. Ele realmente estava no lugar certo, mas de forma nenhuma com a pessoa certa. Ela começava a sentir um incômodo muito grande; ali não seria um bom lugar para ele. Porém calou-se e seguiu com todos os protocolos. Após um momento de questionamentos, marcaram um próximo encontro. Ele saiu, e se despediram brevemente.

Os dias transcorreram normalmente até o segundo encontro. Mesmo preocupada com aquele que passaria a ser seu grande emblema, a curiosidade é inerente ao ser humano, e eles queriam se conhecer.

No segundo encontro, ela abriu a porta e lá estava ele. Convidou-o para entrar. Tudo estava fluindo normalmente, até o momento em que ele a fitou e disse:

— Eu sempre quis fazer amor com uma mulher mais velha. Que idade você tem? Você é casada? Tem filhos?

Ela ficou estarrecida com as perguntas. Ela era três anos mais velha que ele. Entendendo que estava visível aos olhos dele a diferença de idade, ela ficou preocupada momentaneamente com sua imagem, ou com a imagem que passava para ele. Mas esse pensamento logo se dissipou.

— Desculpa, mas se a conversa continuar nesses termos, não devemos mais nos encontrar.

— Desculpa, é só uma curiosidade. É que você é tão linda. Desculpa.

Eles ficaram ali entre olhares, como querendo ver suas almas através do olhar.

Os encontros continuaram. Na verdade, foram quatro encontros entre ele e ela; apenas quatro para começar o romance mais intempestivo de todos os tempos. A maneira que se desenrolaram esses encontros é que conteve todo o turbilhão de emoções que duas pessoas podem atravessar.

No terceiro encontro, ele entrou na sala e ela observou a maneira que ele andava, suas nádegas tão bem estruturadas chamaram a sua atenção, e ela conteve o riso quando se deu conta de que estava olhando para as nádegas dele. Ele tinha um porte alto, era magro, de andar seguro, como o de alguém que sabe o que quer. Vestia um terno azul-escuro, sapatos de couro preto, no braço um relógio que combinava com seu terno e não havia aliança em sua mão. Ela olhou ele com mais cuidado neste dia e, no momento que entrou na sala, com a proximidade dos dois ficou implícita a vontade de estarem juntos novamente.

Desejos carnais começaram a fluir com mais intensidade entre os dois. Ele começava novamente a se insinuar para ela. A curiosidade dele era sem precedentes, nada escapava daqueles olhos negros; seu *feeling* era extremante voraz quando o assunto era mulheres, belas mulheres. Ela então começou a perceber como os olhos dele percorriam todo o seu corpo, a começar pelo seu cabelo longo levemente cacheado; percorriam sua face, seus olhos, os seios, ah, os seios, aquele homem era fascinado por um belo par de seios, e os dela o faziam querer tocá-los de todo modo. Os olhos também desciam pelo ventre dela, por suas coxas, e sempre se fixavam em seus sapatos de salto. Ela sempre se compunha com sapatos de salto extremamente sensuais, porém mantinha a roupa adequada ao trabalho em escritório; raramente se permitia usar algo mais sedutor. No decorrer dos encontros, ela começou a perceber a inquietude dele na poltrona, no tom de voz, nas suas afirmações e questionamentos. Ele estava cheio de quereres. Ela se mantinha contida, mas percebia todo o encanto daquele homem que estava ali em sua frente.

Entre um assunto e outro, ele investia todo o seu charme nela; sua sedução era incomparável.

— Tenho vontade de te tocar — ele falava isso com os olhos fixos nela, olhos de um animal que foge de uma selva em chamas. Ela se manteve firme naquele olhar, não conseguia seguir com seu trabalho, tudo havia fugido de sua mente que agora estava absorta por aqueles olhos negros. O que havia ali e o que escondia aquele homem que a fitava desordenadamente? A energia que emanava entre eles não permitia sequer uma fala do que o trazia até ela. Aos poucos e com poucas palavras, por vezes indecifráveis, eles começavam a desenvolver uma relação que passava de dois empresários em busca de soluções para duas pessoas que desejavam se conhecer.

Era verão, ela estava no auge de seus hormônios em ebulição. Naquele ano tinha decidido o que queria ainda para si. Desejava conhecer outra pessoa, alguém, apenas alguém. Ela sempre foi muito solitária, era feliz com o namorado, mas extremamente sozinha. Um dia estava com o carro em frente à praça e, ao levantar o olhar, ficou observando e pensando quem poderia ser essa pessoa. Foi naquele instante, num dia ensolarado, que se deparou com ele. Era apenas um homem, feio, com barba cerrada, camisa social clara, segurava bem firme uma carteira em sua mão e estava com uma expressão de poucos amigos. Ela pensou: *Ah, não! Muito feio...*, e assim seguiu com sua vida. Dias após, esse mesmo homem estava ali, diante dela.

Ela disse:

— Está quente, minhas mãos estão transpirando.

— Tudo bem.

Ele oferece a mão a ela e eles se tocam pela primeira vez. Ela sentiu a mão enorme dele tocando a sua, e sentiu vergonha. Já ele, sentiu vontade de abraçá-la.

Ele disse:

— Estou entrando em férias, nos veremos daqui vinte dias.

Ela sentiu uma tristeza enorme naquele instante. Não queria ficar todos aqueles dias sem vê-lo. Ela ficou triste, mas não se deu conta do que isso significava, e, sem perceber, proferiu as seguintes palavras:

— Posso te dar um abraço? De despedida?

Ele sorriu, levantou-se rapidamente da poltrona e ofereceu a mão a ela; aquela gentileza que faz com que qualquer homem se torne um *gentleman*. E naquele momento, ela levantou com a delicadeza dele em ajudá-la, e então eles se tocaram pela segunda vez, e dessa vez foi bem especial. Ela queria sentir o corpo dele. E ele o dela. Ficaram ali naquele abraço um pouco mais de tempo do que seria habitual. Ele se afastou dela com um sorriso tímido, o que não era típico dele, e ela se aproximou novamente daqueles olhos negros, mas fitou a sua boca. Pensou: *Se não for agora... não será nunca mais...*, e o beijou.

Um beijo breve, mas eles lembram o que sentiram. Todas as formas de emoções estavam ali presentes naquele instante.

No abraço, ela sentiu o corpo rígido dele; eles estavam em sintonia corpo a corpo.

No beijo, ele sentiu que a queria.

Ele disse:

— E agora?

Ela, sem saber o que fazer, disse:

— Sente-se, fique mais um pouco...

A conversa se encerrou ali, com aquele beijo, raras palavras foram proferidas pelos dois. Eles se abraçaram e logo após ele foi embora.

O que se passou com ele nesse pequeno espaço de tempo após o beijo foi surreal. Ele não sabia o que pensar, o que fazer, aonde ir; só queria ficar sozinho. E foi o que fez. Foi para casa. Lá ele poderia se sentir mais seguro e pensar com clareza sobre o que havia acontecido minutos atrás naquele escritório com aquela mulher que tirara toda a clareza de seus pensamentos. Saiu do prédio e se dirigiu o mais rápido possível para sua casa. Ele morava em um bairro nobre da cidade, que tinha ruas largas bem cuidadas, e que ficava perto de algumas escolas e universidades, o que lhe favorecia a vivência ali, pois ele gostava de ver as pessoas em movimento.

O caminho até a sua casa, naquele dia, parecia interminável. Sua mente não acompanhava seu corpo, e por mais esforço que ele fizesse para manter o controle, não foi possível. Após alguns minutos, ele bateu à porta de sua casa atrás de si. Queria poder deixar tudo o que tinha acontecido longe, lá fora, mas não conseguiu. Ela estava com ele, pois ele não conseguia tirá-la do seu corpo e de sua mente; era como se ela estivesse entrando dentro de sua casa. Seu coração estava descompassado, sua boca estava seca e seu corpo estremecia pensando naquela linda mulher e naquele beijo.

Ele chegou em casa e não conseguia mais conter suas emoções. Foi então que ele ligou para ela. Uma única ligação, durante toda a vida dos dois, realizada por ele. Já ela...

— Oi, sou eu!

— O que você quer? — ela pergunta.

— Vem aqui em casa?

— Eu não posso, preciso ir para a minha casa, já está tarde.

— Ah, eu só queria te beijar. Venha aqui, estou sozinho, estou sempre sozinho.

Ela ria sem parar, não acreditava no que estava acontecendo. A voz dele era de alguém desesperado.

— Amanhã pela manhã, pode ser?

— Amanhã eu vou viajar de férias, venha agora! Vou ficar lá por vinte dias... Vem hoje!

— Não posso. Amanhã eu irei.

— Está bem então, um beijo.

— Beijo.

Não acreditando que ela iria vê-lo, ele passou a noite rondando a cidade. Foi a todos os bares e casas noturnas que havia por ali. Nada distraía ele daquele beijo.

A vida dele sempre fora muito fluida, tudo girava numa perspectiva muito intensa, sempre com vários compromissos, quase sempre insultando seus sentimentos, tendo que deixar algumas de suas emoções sobreporem outras que não eram muito agradáveis de se sentir. Mesmo assim, ele conseguia se relacionar com outras mulheres e tinha sempre boas companhias para se divertir, o que o tornava um homem inconstante em seus relacionamentos. Era hora de ir para casa e aguardar o dia seguinte.

Quando amanheceu, ele estava sem perspectivas de que ela poderia sequer aparecer. Foi quando o telefone tocou. Era ela.

— Qual é o seu endereço?

Sem acreditar no que ouvia, ele passou o endereço. Sua voz falhava, estava eufórico. Novamente suas emoções estavam em um nível elevadíssimo. Ele podia ver o carro dela se aproximando mesmo sem saber que carro ela possuía, pois havia pouco trânsito ou quase nenhum na rua àquela hora da manhã, visto que todos já haviam se deslocado para seus afazeres. Sim, ela estava chegando.

• ✧ • ✧ •

Na tarde anterior, ela havia passado na casa da irmã, pois deveria deixar um documento. Ao chegar no prédio se deparou com seu sobrinho, que olhou para ela e disse:

— O que aconteceu? Seus olhos estão brilhando!

Ela apenas sorriu, afinal, como contar para o menino o que havia acontecido? Não poderia, jamais seria indiscreta com seus assuntos pessoais. Mas era visível a alegria e o amor pela vida que ela sentia naquela tarde ensolarada. O menino ficou sem entender, pois ela mal lhe disse adeus e foi para casa.

No caminho, muito trânsito, o que fez com que ela tivesse tempo para se recompor de suas emoções. No carro, ela pensava: *Ele é tão lindo, aquele olhar cheio de desejo... Será que devo ir vê-lo amanhã?* E assim anoiteceu, veio a lua cheia que rasgava o céu; ela acompanhava o luar com sua xícara de chá, sentada na varanda de casa.

Era verão, não precisava de mais nada para aquela noite se tornar uma noite de insônia para ele e para ela. Para ela, a noite sempre teve cheiro de desejo e emanava um perfume que fazia quaisquer amores se rebelarem. Os dois estavam à mercê de emoções, de boas emoções. E, realmente, a noite foi de insônia para ambos, mas como eles estavam amando ficar sem dormir, as horas deveriam passar rapidamente, pois queriam se ver outra vez.

E assim aconteceu: ela dormiu poucas horas, como ele. Acordou em um sobressalto, visto que precisava tomar banho para ir ao encontro. Ao entrar na banheira, ela se deu conta de que ninguém havia tocado em seu corpo até aquele dia, além de seu ex-namorado. Ela não sabia o que iria acontecer, apenas percebeu que aquele corpo submerso na espuma poderia ser tocado por outro alguém. Esse pensamento a fez estremecer. Sentiu medo do que poderia acontecer, mas este sentimento logo se foi e acreditou na sua intuição.

Estava pronta e escolheu uma lingerie, apesar de não ter nenhuma especial. Maquiou-se, passou seus cremes corporais, colocou a roupa de trabalho, já que depois do encontro iria trabalhar, e seguiu para o endereço que ele havia passado. Uma reação típica que ela costumava manter em sua vida era pensar muito bem antes de tomar uma atitude; qualquer decisão passava por criteriosas hipóteses antes de ser colocada em prática. Procurava adequar todas as necessidades emocionais às outras pessoas com que se envolvia. Quando se tratava de romance, gostava de pensar, elaborar o momento agradável. Antes de chegar lá, ela rodou a cidade para ter certeza de que realmente era aquilo que queria. Decidiu que sim e foi ao encontro dele, sem a menor ideia do que poderia acontecer; talvez um beijo, uns abraços ou apenas uma conversa, mas isso não a incomodava. O fato de ela sair de casa sem a menor pretensão deixava-a em uma posição confortável, sem esperar por algo que ela não tinha como saber o que era. Houve uma liberdade de pensamento, apenas seguiu sua intuição.

Mero engano!

Ao entrar pela rua que dava acesso à casa dele, seu coração disparou, suas mãos ficaram trêmulas ao volante e não conseguia achar o número da residência, pois haviam muitas mansões ali, e ela não poderia de modo algum errar o caminho. O fato de estar procurando a casa dele, já por si só, foi motivo de desespero. Ficou atônita e sem poder pensar com clareza. Foi então que ela telefonou novamente para ele para se certificar do endereço.

— Onde você está?

— Estou em frente, ah...

Ela viu a referência dada por ele. Permaneceu imóvel dentro do carro. Suas pernas não davam a sustentabilidade da qual ela precisava para descer do automóvel. Respirou profundamente e disse para si mesma.

— Vamos lá, era isso que você queria!

O salto do sapato que ela usava fazia um barulho suave, mas para ela toda a cidade estava ouvindo aquele som. Toda a cidade estava vendo ela entrando naquela residência que não lhe pertencia. Resolveu apressar o passo. *Quanto antes eu entrar nesta casa, melhor*, pensou.

A casa dele era bem posicionada e tinha um lindo jardim, com palmeiras enormes que circundavam todo o espaço, protegido por altos muros. Havia uma enorme piscina que dava acesso aos fundos da casa e ao pomar, um extenso e bem-cuidado pomar. Era um lindo espaço, por se tratar de uma casa construída no centro da cidade. Ali naquele bairro, todas as residências eram imponentes.

A porta externa de carvalho, lindamente esculpida, estava entreaberta. Ela apenas a empurrou levemente e entrou; certificou-se de que havia a fechado. Caminhou por mais alguns instantes, pois a casa era enorme, e lá estava ele, de braços abertos para recebê-la, porém ela não o abraçou.

— O que houve?

— Eu não deveria estar aqui! — ela respondeu. Deixou a bolsa sob a mesa ao lado do sofá da sala e sentou-se aflita, sem ar, sem conseguir falar, apenas respirando com muita dificuldade. Ele se afastou, sentou-se no canto do sofá e perguntou:

— Por que você está assim?

Ela percebeu a preocupação dele.

— Eu não sei ao certo, mas eu não deveria estar aqui com você!

Ele tentou se aproximar novamente dela e ela mais uma vez o afastou. Ele levantou, olhou-a com aqueles olhos negros, que agora tinham sinais visíveis de preocupação com o estado emocional dela.

— Você quer uma água?

Ela apenas conseguiu gesticular com um leve sinal afirmativo; ela precisava muito de água.

Naquele momento, ela olhou para ele servindo-lhe a água. Ele era tão delicado, gentil, sereno. Ela começou a ficar mais tranquila ao observar aquele homem, antes visto com certa frieza.

Ela bebeu a água que estava gelada ao ponto, e ficou ali olhando a taça e o homem que estava ao seu lado. O olhar dele era ao mesmo tempo acolhedor e apavorante, e isso a deixava confusa, com medo de se entregar, de ser ela mesma. Ele se aproximou pela terceira vez; queria beijá-la novamente, mas ela se afastou.

Naquele momento ele desistiu, e disse que precisava ir trabalhar. Mas ele estava de férias, ou pelo menos era o que havia dito a ela. Então, ela percebeu que iria perdê-lo. Logo, sorriu levemente para ele, como sinal de que agora ele poderia beijá-la, de que agora ela havia decidido se entregar àquele beijo. Suas bocas estavam sedentas de desejo; ele se aproximou, colocou a mão no ventre dela, depois no ombro como um carinho, um afago, e ela estremeceu e desejou fortemente aquele homem. Eles se aproximaram, se tocaram com um abraço enamorado e aos poucos seus instintos foram se encontrando em uma mesma energia, com força e delicadeza. Primeiro o carinho, o olhar profundo de ambos; cada um sentia a respiração do outro, e o perfume de suas peles se envolvendo em um só perfume.

— Vamos ali no quarto?

— Vamos...

Ela respondeu tão feliz o convite, e ele sorria com aqueles olhos negros e ávidos de desejo. Ele pegou com força na mão dela certificando-se de que ela não fugiria; ele não deixaria isso acontecer. Ele a tinha para si, só para si, e ela estava completamente entregue aos seus carinhos. Nada se passava pelos pensamentos dela; ela se deixou levar e ele a conduziu por caminhos de carinho, desejo, loucura, êxtase, sem deixar um elo faltante em todo o sexo que se desenrolou a partir dali.

O silêncio.

Após seus corpos ficarem saciados, o silêncio rompeu a enorme casa. O que havia naquele silêncio? Seria arrependimento? Por parte dele, sim, pois novamente cometia o mesmo erro que o levou até ela: a busca desenfreada por sexo. Ele era um galanteador por natureza, e ela a mulher menos frágil de tempos atrás, porém igualmente desejosa por ter uma experiência romântica. Ela não estava arrependida, foi sua escolha, e tinha sido interessante.

Na sala de móveis totalmente brancos, ele pegou a taça de água que havia servido para si e colocou o restante da água em uma flor que havia sobre a mesa. A flor que sua esposa havia deixado para ele cuidar. Havia diversas flores pela casa, das quais ele deveria cuidar enquanto a esposa estivesse viajando. Ele era casado com uma mulher livre assim como ele, dona de si, de sua vida, independente, filha de um pai rico de muitas posses e de família influente na cidade. Cabisbaixo, ele inclinava levemente a taça de água no vaso de flor; ficou pensativo. Quando ela viu a cena, se deu conta de que era hora de ir embora.

— Estou indo, tchau!

Ele voltou rapidamente para ela.

— Espera, posso te ligar?

Envolveu-a em seus braços com tanta força que ela se sentiu um pouco presa. Os olhos estavam tão juntinhos durante o abraço que ambos poderiam ver suas almas ali.

— Não sei.

Ela sorriu brevemente, e ele insistiu prendendo-a em seus braços. A pergunta ficou no ar, sem resposta. Ela foi embora, feliz por ter realizado o que havia pensado para sua vida, e deixou para trás tudo o que acontecera. Quando saiu da mansão, entrou em seu carro e pelo caminho resolveu que não iria ao trabalho, tirou o dia para si e seguiu de volta para casa. Queria pensar.

Chegando lá, tomou um banho bem quente. Apesar de ser o auge do verão, ela queria relaxar, pois ainda se sentia inquieta. Após o banho, preparou um café, sentou-se em seu refúgio e lá tentou de todas as formas ouvir o seu corpo para reviver aquele momento anterior na cama dele. Ela possuía uma sensibilidade enorme quando se tratava de entrar em contato com lembranças agradáveis. Reviver algo bom era uma prática constante em suas meditações, e fazia isso regularmente. Com a xícara de café nas mãos, logo veio a lembrança dele enchendo a taça de água para ela. Ela achou aquele pequeno gesto de uma delicadeza imensa. Ele se movia dentro da enorme casa com uma desenvoltura linda; tudo era tão maravilhoso quando se tratava das atitudes dele. Ele caminhando em sua direção, posicionando-se ao seu lado para abraçá-la... Ele vinha com calma, aos poucos, sorrateiramente, chegava, tocava, fazia-a estremecer com seu olhar desejoso.

O café acabou esfriando e ela ficou ali, apenas olhando a xícara sem beber, só pensando na hora anterior daquele dia.

— Foi incrível! — ela falou baixinho para si mesma.

Por mais que ela pensasse em uma falha naquele encontro, não conseguia encontrar; tudo foi tão lindo, tão perfeito. Apesar disso, em determinado momento, pensou em desistir, pois estava fora de si, totalmente descontrolada emocionalmente. Ela sentiu medo de ter errado em sua atitude, mas ali, refletindo, teve a certeza de que não, de que era para ser assim, exatamente como foi. Pegou outro café e agora conseguira sentir seu sabor, após ter revivido cada parte do que aconteceu na mansão. Lembrou da pele macia dele em contato com a sua. Sentia ainda a textura dela, tão suave, tão boa e quente. Ele tinha um corpo estrutural aos seus olhos; não era nada além do que ela admirava, era só um corpo, mas ela sentiu muito mais que isso, sentiu-se acolhida, acarinhada, protegida e cuidada por ele. Aqueles olhos, aquelas mãos que a percorriam e se entrelaçaram aos seus dedos na hora do amor, aquelas palavras e sussurros em seu ouvido ainda a faziam estremecer. O mais sensacional é que ela pôde sentir toda a atenção que estava voltada para ela naquele momento do amor dos dois.

Ele estava sentado no sofá de sua casa, e ligou para seus amigos contando o que havia acontecido. Ele contava tudo a todos, mesmo sabendo que as consequências poderiam ser as piores, porque confiava neles para protegê-lo de sua esposa e da família dela. O restante das pessoas ficava em segundo plano: ele não se importava com o que poderia acontecer com elas, desde que estas não sofressem. Ele era assim, por isso contou aos amigos, pois eles apenas espalhariam as falas dele, mas sem comprometê-lo. Já a imagem dela, bom, ele não se responsabilizaria por tanto.

Ele sorria muito ao contar. Disse aos amigos como ela era, o que fizeram, de que maneira, e que ela havia ficado estranha em determinado momento. Falou da intimidade dela, de como era seu corpo, do que fizeram após o sexo; ele não tinha problema nenhum em lidar com assuntos como esse. Tomaram banho juntos, ela entrou no chuveiro e ele rapidamente foi também. Ali debaixo, seus corpos estavam mais expostos, visíveis aos olhos dos dois. Os carinhos continuaram nesse momento, e após o sexo, ele sentiu uma proximidade muito grande ao ver que ela estava sorrindo para ele.

Ele contou tudo isso aos amigos, e ela sabia que estaria exposta aos comentários, porém não deixou que esses pensamentos a perturbassem. Ele foi, partiu de férias com a esposa, e, minutos antes de ir, mandou uma mensagem a ela dizendo que se cuidasse. Ela leu, sorriu e esperou para respondê-lo, pois não sabia exatamente o que iria escrever.

Então, na tarde daquele dia, ela escreveu:

Prepare um café, sirva uma água, seja uma pessoa gentil. Obrigada!

Tais palavras foram ditas como forma de agradecer pelos momentos entre os dois. Ela era dada à escrita e a toda forma de expressão dos sentimentos.

Ele leu e sorriu. Ficou pensando nela durante alguns dias de suas férias, porém, no decorrer do tempo, os pensamentos foram ficando escassos, assim como os dela. Quando ele retornou, os dois marcaram um novo encontro, no mesmo lugar em que haviam se conhecido. A conversa foi breve, sem pormenores. Algo mudara nela, pois não se sentia disposta a ter novamente um encontro com ele, então encerrou qualquer tipo de assunto ou contato.

Passaram-se alguns poucos meses. Ambos estavam envolvidos com seus trabalhos, mas sempre prestando atenção nos eventos que ocorriam na cidade e nos arredores. Ela não tinha a menor pretensão de vê-lo em lugares públicos, e ele não lembrava muito e não estava interessado em transar novamente com ela. Sim, para ele sempre era apenas sexo, só isso, então já estava à procura de um outro sexo qualquer.

Alguns meses depois, ela estava passeando sozinha em seu carro pela avenida mais movimentada da cidade, quando de repente parou na faixa de segurança. Havia pessoas passando, então olhou e viu uma moça morena, de cabelos longos, com alguns papéis nas mãos, conversando com alguém que estava ao seu lado. A conversa fluía muito bem entre os dois. Ao ver aquele andar, aquele rosto, aquele cabelo e aquelas mãos, ela sentiu no mesmo instante a exata sensação que sentiu na casa dele. Tudo novamente, e com toda a intensidade daquele dia em que fizeram amor. Sim, para ela era sempre amor, pois não se relacionava com pessoas se não fosse por isso, por menor que fosse o sentimento. Para ela se relacionar sexualmente deveria sentir um carinho especial, e tal carinho, para ela, era um pouco de amor. Ao certificar-se de que, sim, era ele, ela foi para casa, e lá não conseguia manter a concentração em nada do que se propunha a fazer; os pensamentos eram automáticos, tudo remetia a ele. Aquele caminhar, seguro de si, do que estava conversando. Ela conseguiu se conter por algumas horas apenas, até que, em posse de seu telefone, mandou uma mensagem para ele:

O tempo só tem feito bem a você. Continua lindo.

Ele leu e rapidamente respondeu:

Hum... Quando pode?

Ele queria encontrá-la. Ela queria encontrá-lo.

Ela respondeu:

Quando você pode?

Ela sabia que os horários dele eram mais controlados pelas pessoas do que os horários dela, já que ela era livre de dar satisfações a outros.

Amanhã pela manhã.

No mesmo lugar.

Me passa o número da sua casa, eu esqueci.

Ela realmente tinha uma dificuldade de orientação. Esquecia muito facilmente os horários, números e endereços, pois não precisava e não queria gravar essas informações. Não que ela não lembrasse da mansão; ela lembrava muito bem, porém o acesso ao lugar já não estava mais em sua memória.

Ele passou o endereço novamente, e, no dia seguinte, ela acordou cedo, entrou em sua banheira cheia de espuma e ficou ali, perfumando-se toda para ir à mansão. Desta vez iria ser diferente, ela tinha certeza.

Ele não poderia imaginar que no mundo houvesse alguém com tamanho amor para oferecer às pessoas que cruzassem o caminho dela. Nunca havia se deparado com tanta delicadeza de um ser como ela. Ele admirava a sua sensibilidade com pitadas de ingenuidade; esses dois fatores, a ingenuidade e a delicadeza, paralisavam-no quando estavam juntos. Tudo parecia girar em torno da aura dela, como uma magia em torno de um ser; um ser amado por ele. Ele ficava sem ação perante a beleza e a delicadeza dela.

Ele costumava dizer aos seus amigos:

— Ela é tão mulher, tão fêmea, sabe?!

Ele a aguardava ansioso e lindo. O cabelo estava impecável, vestia uma camisa rosa-clara, calça e sapato social, com um belo sorriso em seu rosto, e de braços abertos para recebê-la. Ela estava deslumbrante em um vestido azul, cheirosa e com seu cabelo longo cacheado.

Após fazerem amor, ele reparou no cabelo dela. Olhou e disse:

— O que você fez em seu cabelo?

Ela sorriu ao saber que ele havia percebido uma pequena mudança. Aquele dia foi realmente diferente; ela chegou e foi logo deixando seus pertences no móvel da casa, abraçou-o e o beijou com toda a intensidade de um casal apaixonado que há muito tempo não se vê. Ele retribuiu a intensidade do carinho, e após um lindo sorriso dos dois, ele pergunta:

— Você quer?

— Sim, eu te quero.

Ele sempre foi muito gentil. Em todas as vezes que fizeram amor, ele fazia questão de ouvir dela se ela queria fazer sexo.

— Vamos lá no quarto.

O aposento estava com a janela entreaberta, e havia alguém na sacada da mansão ao lado. As casas eram distantes, porém imponentes e com algumas elevações que permitiam perfeitamente que se observasse tudo o que se passava nas mansões nos arredores.

— A janela...

Ele prontamente foi e a fechou. O quarto ficou na penumbra, e eles fizeram amor durante a manhã toda. Conversaram, riram e falaram sobre a vida dele. Ele estava bem mais solícito naquele dia, pois contou sobre a vida de trabalho no exterior, mostrando fotos que estavam distribuídas por toda a mansão, e sobre suas experiências amorosas. Não todas, mas as mais comuns, digamos. Já as mais reais, do dia a dia, ele omitiu muito bem.

Depois de um tempo, ela soube de tudo e soube também que ele omitia por vergonha. Ela mesma, em uma de suas idas à mansão, deparou-se com uma mulher alta, de cabelos lisos e longos, jovem, que saía de lá. Logo após, teve a certeza de que se tratava da amante dele, uma relação de algum tempo. Segundo ele, eles se davam bem no trabalho e no sexo. Eram colegas de trabalho, e alguns amigos sugeriram a ele que a amante fosse demitida por conta da incompetência, o que era verdade, porém havia desenvolvido um sentimento de proteção para com ela. Logo que percebeu que a situação estava insustentável, procurou arrumar um outro emprego para a amante no exterior. Assim, pôde controlar as falas das pessoas, pois ele tinha muito medo de que sua amada esposa soubesse do envolvimento de anos dos dois, o que levaria à separação, que era o que ele mais temia.

A amante foi morar no exterior, justamente no local em que as reuniões da empresa dele aconteciam, portanto continuaram se encontrando por longos anos. Ele tinha rainhas, princesas e súditas a seu dispor. Ela não se considerava em nenhuma dessas classificações que ele tinha para si. Ela acreditava que eles tinham desenvolvido uma relação à parte: “eu vejo você”, e assim era o relacionamento dos dois.

Eles se reconheciam, consideravam-se muito parecidos e iam muito além das demais relações; era o que acreditavam. Eles se amavam sem uma devida compreensão, entendiam suas vulnerabilidades e não buscavam uma aceitação, apenas se permitiam sentir o que sentiam. Tudo o que não aceitavam um no outro apenas recebiam e compreendiam, entendendo que a diferença existia e era aceita. No meio disso, encontravam a luz e uma energia incomum, que ia além das expectativas e projeções de cada um. Assim, não havia medo, pois se consideravam livres de alma, e isso irradiava mais e mais a vontade de se conhecerem. Desse modo, cada um à sua maneira, conseguiam se ver no outro como algo lindo em sua própria luz. Um existia para o outro e bastava. Em alguns momentos, os dois se tornavam um, mesmo que os sentimentos dele evaporassem em poucos dias; ele era volátil. Ou o amor é?

Ela, em dados momentos, entristecia-se em vê-lo daquela forma, pois casais criam laços sinceros, e ele certamente ria disso. Em cada encontro, ela buscava reconhecer isso, mas ele não. Ela entendia o processo e se entregava, fazia e deixava a paixão acontecer, como um ideal de amor. Ela jamais desistiria de buscar tal ideal e isso consumia a vida dela, apesar de que ele também, por vezes, explorava o amor em sua vida, mas não o encontrava. Nessa busca incansável, ele se perdia nos braços dela. Um vínculo tão forte que ela costumava comparar com a beleza da natureza, que tanto gostava de contemplar em seus dias, desde o amanhecer até o pôr do sol, quando já não mais deixava tanto à mostra a natureza, e ela em seu cansaço se entregava aos sonhos com ele. A paixão deles era intensa sem ser excessiva, os sentimentos eram cheios de ternura e razão, mas ela não se dizia com tanta razão, pois não resistia aos sinais dele. Os sentimentos dela eram sempre proporcionais à resistência dele, o que a perturbava; o desprendimento dele para com as coisas da vida, para com os seus amores e para com as demais coisas de sua vida atribulada.

Havia os sinais, uma energia, uma sensibilidade, uma comunicação, que unia os dois mesmo que estivessem a quilômetros de distância. No último abraço que ele deu nela, perguntou:

— Por quê? E o que você gosta em mim? Não tenho nada para te oferecer.

— Eu gosto da maneira que você se comunica comigo, assim, por sinais... É especial, é diferente.

Ele não esperou muito para desenvolver diversos sinais comunicativos entre os dois, e o mais forte eram as horas.

A partir daquele momento, os dias dela nunca mais foram silenciosos.

OS SINAIS

Os sinais eram uma forma criada pelo casal de se comunicarem, mas era principalmente ele que mantinha essa prática diária na vida deles. Começou em um dia em que ele estava na sala dela:

— Nossa, o telefone da sala da frente não para de tocar.

Ela logo ficou intrigada com aquilo, pois os telefones nunca tocavam tão insistentemente assim. A partir do olhar dele a ela, que foi significativo e informativo, foi como se ele dissesse: preste atenção. E foi o que ela fez. A partir daquele dia, ela começou a prestar atenção aos sinais emitidos.

Ele combinava com os amigos ou funcionárias de sua empresa para que ligassem para tal número em determinada hora, pontualmente. Se ele mesmo tivesse a possibilidade, discava de seu telefone móvel rapidamente para o número que a deixava em alerta. Ele possuía todos os telefones das proximidades do trabalho dela, e quando ela estava chegando ou mesmo circulando por ali, os telefones soavam como uma música para seus ouvidos, pois ela sabia que aqueles chamados vinham dele, tentando se comunicar. Assim, ele fatalmente a deixava contida nele, fazia-se presente a todo o instante. Uma total e ludibriante forma de controle, e, por assim dizer, de sedução.

Mas os sinais não paravam, e logo outros começaram a surgir. O segundo, e bem mais importante, pois ficava entre os dois até determinado momento, foram as horas. Ela gostava de pontualidade, e ele, que era excessivamente controlador, mais ainda. Então, os dois desenvolveram uma nova maneira de se comunicar, e, como eram muito envolvidos com o trabalho e precisavam ser extremamente rigorosos com seus horários, criaram um sinal, uma comunicação para cada hora. Cada hora e cada minuto tinha um significado, assim, os dois permaneciam conectados.

Apaixonados sempre se encontram em seus próprios sinais; a sintonia dos dois era muito forte.

Houve um dia em que ela o testou. Procurou não responder aos seus chamados. Foi quando ele acionou outras pessoas de sua total confiança, ou mesmo pessoas sobre as quais ele exerce certo controle, para saber dela. Ele era tão ágil que não media esforços, ou, então, tudo se tornava tão simples e fácil para ele que por vezes a assustava. Ela amava aquilo, mas também sentia medo, pois sabia do que ele era capaz. A personalidade dele era algo que ela conhecia muito bem; seus traços hostis, seu controle, suas vinganças.

Ocorreu um episódio que ela viu acontecer, mesmo estando nos bastidores, de uma funcionária dele que não cedeu aos seus encantos sedutores. Ele começou a segui-la em seu trabalho, deixava as funções dela extremamente comprometidas, até que em determinado momento ela não suportou tamanha pressão e pediu demissão. Antes, porém, respondeu ao questionário de satisfação da empresa, denunciando-o aos recursos humanos; ela tinha sido assediada pelo chefe. Todos os funcionários estavam sabendo, todos sempre sabiam de tudo. A moça recebeu o apoio de outras mulheres da empresa, que era dele, e que também denunciaram os assédios. Mas ele não se importava, mantinha o foco mesmo nessas circunstâncias. Tudo bem para ele. Se a esposa não ficasse sabendo, estava tudo certo. Ele amava aquela mulher, aquela que o menosprezava, que levava a vida independentemente das atitudes dele, e isso o deixava intrigado e apaixonado. Ela mantinha o controle dele, só ela conseguia fazer com que ele ficasse intrigado com a maneira dela de lidar com as questões dele, deixando-o livre. E por esta liberdade ele prezava muito, desde que ele a conquistasse, e não que fosse recebida, como a sua esposa proporcionava. Essa gratuidade de liberdade o deixava muito incomodado, sem saber como agir.

Depois dos sinais do som do telefone e das horas, vieram os bem mais sutis, mas igualmente controladores. Quando ela saía de seu escritório, ele sempre deixava um sinal; poderia ser um papel no chão, que embrulhava o bombom que eles comeram, um prendedor de cabelo que havia perdido, um sachê de café ou qualquer objeto insignificante aos olhos dos outros, mas que para eles dois tinha um significado amoroso. Era como dizer: estou aqui te admirando.

Ela permanecia ali, no seu dia a dia, com seus poucos e singelos sinais, enquanto ele ainda os enviava. Ela relutava para que esses sinais não a perturbassem, mas eram tão desejados que não conseguia deixá-los passar. Não ainda.

Até que, um dia, os sinais foram cessando a ponto de se extinguirem completamente.

FASES

Ela estava sem entender o que acontecia, pois suas vontades já não eram mais as mesmas; algo havia mudado em sua vida, algo bem importante. A impressão era de que deveria iniciar um novo ciclo. Não que ela quisesse, mas sentia que, mesmo assim, algo novo a levaria para outro caminho. Uma fase havia se encerrado em sua vida, e ela deveria se preparar para deixar novos acontecimentos tomarem seus dias.

Ele queria mais, ela sabia, ambos não conseguiriam viver sem estarem conectados emocionalmente, sem terem os sinais regendo os dois diariamente. Ele sabia que estava agindo de modo errado com ela, mas se perguntava:

"Existe receita? O que é o certo a se fazer? Como viver a vida sem ter momentos de lucidez e grandes momentos de loucura e de amor pelo outro?"

Ele amava a vida assim como ela. Esses pensamentos faziam com que estivessem presentes um na vida do outro apenas em pensamentos, em sinais de que ali havia um carinho recíproco. Os dois, agora, eram iguais. Um havia feito tão bem ao outro que despertaram em ambos algumas coisas adormecidas e até então inexistentes.

Depois de se conhecerem profundamente, de fazerem amor por diversas vezes, suas vidas ficaram mais equilibradas. Ele lhe mostrou como poderiam ser tão iguais no jeito de pensar e de se comportar com relação às amizades, às coisas da vida, aos amores e ao trabalho. E ele aprendeu com ela que a vida não precisava ser vivida com tantos arroubos, que ele poderia viver sem agredir emocionalmente tantas pessoas. Ele admirava como ela encarava os problemas da vida, os amores, a vida como um todo. Cada pessoa neste universo tem seu momento de viver as coisas da vida, e ele acreditava que eles haviam vivido o que tinham para viver, no momento certo, no dia e na hora certa.

Ambos estavam realizados com suas histórias de vida, mas, sim, queriam mais, e iam seguir com seus planos individuais, os que estavam dando certo e os que haviam deixado de lado por um tempo. O que ainda o intrigava era o fato de ela estar com ele, apesar de tudo o que ela já sabia, e, mesmo com todas as frustrações que provocou, continuava desejando aquele homem errante. Ele não entendia o porquê de continuar tão amável, tão carinhosa, tão compreensiva.

Ela não esqueceria dele, apesar da distância dos corpos. Talvez ela não aceitasse o fato de ele estar morando em outro país; a distância era cruel, brutal para os dois. Eles não poderiam mais fazer amor.

A paixão carregada de desejo cresce rapidamente e magoa em uma intensidade maior ainda.

A fase de introspecção dela a deixava sensível; não conseguia entender o que se passava consigo mesma. Estaria "perdida", como seu velho pai costumava dizer? Ou "esteja atenta aos sinais", como sua mãe dizia. Mas, naquele momento de sua vida, era o nada. Nada havia ali, nenhum caminho, nenhum sinal, mesmo ela estando alerta. O que fazer? Voltar à essência para se reencontrar? Talvez.

ESSÊNCIA

Quem era ela? Quais suas características? Qual era a sua índole, a sua personalidade antes de conhecê-lo? Queria voltar à sua essência, à sua inocência? O que a manteria ativa na vida? Ainda estava sendo ela mesma, seguindo seus sonhos? Estava sendo sincera consigo mesma?

Ela era filha de uma mãe muito carinhosa e esperta aos sinais da vida para seu tempo. Quando se sentia sozinha, triste e mesmo atordoada por seus pensamentos, ela recorria aos ensinamentos de sua mãe. E relembrava todas as suas falas.

— Filha, preste atenção aos sinais do tempo. Sinta.

E assim ela fazia: se isolava, ou então entrava em contato direto com a natureza, e, lá no seu refúgio pessoal, fazia o que a mãe havia ensinado. Naquele momento, ela estava muito carente de um sinal da vida. Um sinal que pudesse acolhê-la, pois estava em profundo sofrimento emocional. Talvez perdida, como costumava dizer seu velho pai. Ela sorria para ele, pois nem entendia o que aquele velho e querido pai queria lhe dizer.

Assim, naquele dia, ela recorreu a seu refúgio interior e encontrou a resposta desejada. Recorreu à lembrança de sua mãe, que já havia falecido, e dos momentos que passaram juntas, na casa vazia de tudo. Lembrou-se da máquina de costura, dos tecidos sendo cerzidos, do ensinamento da sua querida mãe.

— Sinta — dizia ela. — "Escute" o que a vida lhe mostra, o que a vida lhe diz.

Ela ouvia o som dos passarinhos, do vento, dos carros, das pessoas trabalhando e conversando.

— Mas, mãe, só ouço isso!

— Sim... mas o que sente?

— Não sei.

Ela não entendia o que a mãe lhe dizia, não ali, em sua pouca idade, mas depois de um longo tempo entendeu — ah, como ela entendeu tudo o que a mãe lhe havia ensinado. Agora tudo fazia sentido: ela precisava se reencontrar, e, para isso, precisava se desprender de certas amarras do passado.

Neste dia, em que estava realmente perdida, como dizia o pai, ela refletiu muito e se deu conta de que algumas pessoas lhe deixaram muitas marcas profundas, feriram-na tanto, magoaram-na, humilharam-na, e ela, na sua ingenuidade, não conseguia ter a reação necessária de defesa. Foi então que o vento soprou diferente. Seria esse um sinal? Para ela, sim. Ela deixaria ir com a ventania todos os males que até então carregava em sua alma. Leveza. Sim, ela começou a se sentir leve, bem mais preocupada, mas leve. Preocupada com o que propôs a si mesma, para sua vida.

— Pense! — ela dizia a si mesma. — Pense o que quer para si! Qual seu propósito de vida? Não é tarde! Você consegue!

Lá estava ela, pensando em como lidar com tantos pensamentos que borbulhavam em sua mente. Sozinha em seu quarto, rodeada de dúvidas, mas feliz por poder refletir sem interferências externas.

— Como é bom ser sozinha!

Ela se sentia triste, mas bem, e a tristeza se dissipou quando se deu conta de que seu namorado de tantos anos estava roubando sua vida, sua alma, suas ideias. Foi então que ela percebeu que perdera muita coisa. Mas havia tempo para recuperar se agisse a seu próprio favor. E foi o que fez. A partir do dia em que não mais se deixou levar pelas artimanhas de seu companheiro, seguiu mais sozinha do que nunca. Ela disse para si mesma:

— Sim, pai, estou perdida, mas vou me reencontrar!

Ela precisava pensar e rapidamente decidir, e decidiu. Foi até a Croácia visitá-lo.

VIAGENS

Ela precisava estar perto dele, senti-lo mais uma vez. Acordou cedo naquele dia, colocou a melhor roupa, pediu ao seu motorista que a levasse até o aeroporto e pegou o primeiro voo para a Croácia. Não podia mais esperar e foi vê-lo, mesmo sabendo de todos os compromissos que ele deveria ter naquela época do ano.

No dia em que chegou à Croácia, fazia um calor insuportável. Ela desembarcou do avião e foi logo pegar um táxi que a levasse ao hotel; sentia-se mal com tanto calor. No caminho, pelas ruas cheias de cafés, lojas e pessoas circulando, a cidade estava no auge, cheia de turistas, todos muito falantes, alegres e cheios de sacolas de compras. Havia crianças correndo, rindo pelas ruas. Ele havia escolhido um lugar muito agradável para morar depois que a deixou em seu país.

Ela sempre fora muito decidida sobre suas questões: nada passava em vão, as coisas eram muito bem pensadas e articuladas para que tudo desse certo conforme o planejado. E, assim, lá foi ela para o hotel. Hospedou-se num dos lugares mais luxuosos da cidade, pois sempre se dava ao luxo quando queria, prezava pelas coisas boas da vida, então não economizava quando a questão era seu bem-estar, afinal, ela merecia.

O hotel tinha vista para o mar, e da sacada de sua suíte avistava-se algumas ilhas lotadas de turistas com seus barcos, suas famílias, seus amores. O mar báltico estava completamente ludibriante naquela época do ano. O sol, bem, o sol iluminava a paisagem de um modo todo especial; tudo ali era perfeito. Ela queria muito morar ali, mas não morou, apenas passou uma temporada. No hotel, teve tempo de pensar mais um pouco enquanto estava na banheira de hidromassagem, e decidiu que iria voltar para casa sem vê-lo, mas antes deixou claro para ele que estava ali pertinho. Quando ele soube disso, procurou de todas as maneiras se aproximar, mas ela continuou irredutível aos seus encantos.

Houve um entendimento: ela não precisava mais dele, e decidiu que ele seria para sempre o grande presente que a vida em determinado momento lhe ofereceu; um presente da vida. Com esse entendimento, procurou se deixar levar pelas belezas da praia, do lugar e do sol. Seria ali seu lugar ao sol, do seu sol. Assim, ela foi ao encontro das delícias do país, das comidas, dos bares, das paisagens e das pessoas que lá estavam.

Nesse dia ela fez novos amigos, o que a deixou feliz, pois, em sua vida, sempre se mostrava fechada em suas relações de amizade. Fora traída pelos amigos diversas vezes, sofreu muito e decidiu que não se entregaria tão facilmente de novo. Mas, ali, sentiu que, sim, queria poder fazer novos amigos, e os fez. Ela conheceu Petra, uma excelente companhia para beber, comer, rir e passear de barco. Sim, Petra possuía uma lancha, então lá foram elas para o alto-mar. As duas novas amigas se deram tão bem que resolveram ficar juntas por mais alguns dias naquele paraíso, para que Petra pudesse ter tempo suficiente para mostrar e até mesmo exibir a sua cidade. Foram dias memoráveis.

Ele tentou marcar um encontro diversas vezes, mas ela se esquivou completamente, e ele enlouqueceu. Não conseguia entender o que ela pretendia, estava confuso, mas, em certo momento, ele acreditou ter sido uma completa provocação o fato de ela ter chegado tão perto dele e não aceitar encontrá-lo.

No dia da sua saída do hotel, ela pegou o elevador e sentiu o perfume dele. Ele havia estado ali, seria apenas uma coincidência ou outro hóspede usava o mesmo perfume? Ela sabia usar os sentidos a seu favor, então, como uma loba, farejou o perfume dele. E sim, ficou muito perturbada. Não conseguiu fazer o check-out, voltou para o quarto e chorou desesperadamente. Por que ele exercia tamanho poder ainda nos seus sentimentos? Ela não compreendia. Ligou para sua nova amiga Petra, que, nos poucos dias em que ficaram juntas, pôde demonstrar que com alguns minutos a fazia sentir-se melhor. Algumas palavras divertidas, ou outras nem tanto, eram o suficiente para acalentar a amiga. Petra tornou-se um elixir para ela nos momentos de tristeza.

Petra era muito inteligente, tinha uma fala sempre muito articulada, e valia muito ouvi-la. As falas dela vinham carregadas de experiência e eram sempre muito comoventes, o que acalmava a mente de qualquer pessoa que passasse pela dor do amor. A presença de uma pessoa amiga nos momentos de avareza emocional vale mais do que qualquer tesouro; distrai, ameniza, acalenta como um chá quente em noites frias.

O momento de emoção dela foi passageiro, logo as duas amigas já estavam rindo novamente. Petra, que havia deitado ao lado da amiga na cama do hotel para acalentá-la, levantou-se e abriu uma garrafa de vinho. As duas tinham o mesmo paladar refinado para as escolhas dos sabores dos alimentos, e também para vinho. A escolha de determinado vinho é feita a partir de questões psicológicas e biológicas, além do momento em si. As amigas poderiam até ter escolhas diferentes, mas naquele momento não se importavam muito em aceitar o que havia no quarto do hotel.

Petra, sempre muito elegante e cuidadosa com as questões de todos à sua volta, não era mulher de maus-tratos com quem quer que fosse. Tratava todos da mesma forma, com gestos gentis, adequados para todas as situações. Naquele momento delicado, ela sabia como acolher a amiga que estava precisando de um norte, e foi então que sugeriu que as duas fizessem uma viagem juntas. Com um pouco de receio, mas comovida com a oferta da viagem, que aconteceu dias depois, ela agradeceu imensamente toda a dedicação de sua amiga Petra.

— Estou aqui, e somos amigas. Apesar do pouco tempo que permanecemos juntas, foi o suficiente para ter certeza de que nós formamos uma bela dupla de aventureiras. Vamos curtir a vida!

— Ok, já que me colocou em sua vida assim, sem mais, é claro que aceito!

As duas riram e começaram a planejar o destino da viagem.

Interessante, pois nenhuma delas tinha desejo de saber do passado uma da outra, apenas o momento presente é que se fazia importante. Elas tinham feito poucas perguntas uma à outra, apenas o suficiente para descobrirem que, sim, tinham muita afinidade.

E lá foram elas para a viagem. As duas embarcaram em um transatlântico que tinha uma escala um pouco extensa, passariam dias navegando. Foi então que ele soube, através de algumas poucas conversas na mesa do bar do hotel. Havia um espião. Sempre havia alguém que o deixava informado sobre todos os passos dela. E assim, no mesmo instante, ele procurou reservar seu lugar no navio.

Elas partiram da Croácia e puderam ver toda a beleza daquele país, com paradas para apreciar alguns monumentos medievais, praias com águas límpidas e cristalinas, e seguiram rumo ao desconhecido.

Ela estava plena. O sol e a maresia tinham feito bem para ela, apesar de todo o sofrimento imputado pelo perfume sentido no elevador do hotel. Ali, no navio, ela sentiu a presença dele. Foi muito forte, porém uma sensação passageira. Calou-se e foi para sua cabine, que ficava um pouco distante da cabine de Petra. Petra havia conhecido um homem pelo qual se apaixonou repentinamente, coisa de noites de verão num cruzeiro, e estava bem ausente nos últimos dois dias. Ela novamente estava sozinha e num cruzeiro, e, deitada sobre uma cadeira no convés, sentiu-se perdida. Um calafrio percorreu sua espinha, que a fez tremer, seu coração começou a bater descompassado e uma angústia tomou conta de si. Ela se enrolou em sua echarpe, mas percebeu que não era frio; o que estava sentindo era um sinal. Naquele momento, lembrou-se do que sua mãe lhe dizia: "Esteja atenta, sinta...". E ela sentiu, sentiu alguém tocando seu ombro. Suas pernas paralisaram, sentiu falta de ar. Apesar do vento que vinha do mar aberto, ela sentiu-se engolfada.

— Sou eu! Como você está?

Ela não conseguiu responder, apenas olhou para aqueles olhos negros que refletiam o brilho da lua cheia, e desmaiou. Ele prontamente a pegou nos braços e foi até sua suíte que ficava um pouco distante de onde estavam. Sua Grand Suíte possuía um quarto enorme que poderia perfeitamente acomodar quatro pessoas, além de varanda, sala de jantar, banheiro com uma enorme banheira de hidromassagem, e uma pequena área de estar. Ele a acomodou em sua cama com a ajuda de um dos funcionários do navio. Quando este saiu da suíte, ele permaneceu ao lado dela até que ela recuperasse os sentidos.

Ao acordar do desmaio, eles ficaram se olhando por alguns minutos. As palavras não eram necessárias naquele instante, apenas o olhar; aquele olhar que comunica tudo. As carícias, a respiração, que para ela ainda estava um pouco escassa, tudo voltava para os dois, apenas, agora perdidos no oceano naquele transatlântico. O desejo deles estava prestes a se desenrolar na cama macia, de lençóis brancos impecáveis, o que há tempo não acontecia: o amor sendo concretizado no ato sexual.

— Sempre é amor...

— Sim, sempre é amor...

Eles respondiam assim um ao outro; essa era a maneira de estarem ali um para o outro.

Sempre fizeram amor enquanto estavam no navio. Mesmo quando a embarcação atracou em algum local, lá estavam eles dois, juntos, fazendo amor, sempre muito amor, pois já consideravam fazer amor o fato de estarem um com o outro.

O navio estava atracado para que os passageiros pudessem visitar uma plantação de oliveiras. Ela amava ver os pés de oliveiras; quanto mais antigos, mais ela se impressionava com o formato do tronco das árvores centenárias, o formato perfeito das azeitonas, sem falar do sabor dos azeites. Para tudo isso ela dava importância, fato que o fazia rir.

— Como pode você gostar tanto assim de um simples pé de oliva?

— Não sei, só sei que admiro muito.

Eles riam toda vez que ela se dava conta do olhar dele para ela no momento em que ela admirava uma oliveira. Poderia ficar horas ali, em sintonia com aquele olival. E, assim, os momentos entre os dois iam se fortalecendo cada vez mais. Ele não conseguia admirar um pé de oliveira, mas conseguia ficar horas admirando o que ela fazia; ele se perdia no corpo, na voz dela, em seus cabelos, em seu cheiro, por entre suas coxas, ele se perdia como um grão de romã que escorre entre as coxas quando cai das mãos. E, nesse clima agradável, os dois passeavam de mãos dadas por entre o pomar de oliveiras, caminhavam, conversavam e riam de tudo; tudo era motivo de riso para os dois.

Voltaram ao navio com a promessa de que não iriam mais descer para ver pomares, ou mesmo qualquer coisa medieval que pudesse aparecer no caminho, e de que ficariam no navio, pois haviam acabado de se dar conta de que a viagem teria um fim, e eles deveriam aproveitar cada minuto juntos.

Alguns acordos precisavam ser feitos. Era chegada a hora mais temida entre os dois. Eles não tinham a pretensão de ficarem juntos, de terem uma vida juntos, de viverem uma rotina. A pretensão deles era apenas amar um ao outro, independentemente da vida separada que levavam. Mas, para isso acontecer, era necessário firmar constantemente acordos de convivência longínqua. Eles tinham seus compromissos com seus trabalhos, o que era prioridade para eles, e tudo bem passar um tempo longe, sem se ver, desde que não fosse muito.

Após fazerem seus acordos, o que foi bem tranquilo, eles foram ao encontro de Petra e de seu novo namorado. Os quatro se mostraram tão felizes, divertiram-se tanto a bordo do navio, que eles tinham vontade de repetir uma viagem assim. Mas isso nunca mais aconteceu. Após um mês ao mar, o navio retornou à Croácia; era hora de se despedirem, contudo, antes marcaram um jantar de despedida.

Foi nessa noite que ela novamente se sentiu perdida. Lá estava ela, vestida lindamente para um jantar com ele, mas ele não pôde comparecer. Mandou flores e um pedido de desculpas, pois não conseguiria se despedir dela, e assim o fez: flores e um cartão de adeus. Quando estava na mesa do restaurante e viu o garçom trazendo as flores, logo teve a certeza de que estaria sozinha novamente, à mercê do destino. Sempre foi assim e sempre seria assim. Mais uma vez aquele vazio se instalou em seu peito, o choro e a tristeza vieram, mas as lembranças dos dias maravilhosos acalentavam o seu ser. Eles permaneceram conectados através dos sinais que um emitia ao outro. Sempre é amor.

Ele sentia muito a falta dela e ficava furioso quando não respondia ao seu chamado; ele tinha muitas maneiras de chamá-la, enquanto ela era mais direta. Apenas ligava ou mandava mensagens. Tinha dias que era muito frequente, e ele a interrompeu, dizendo:

Gostaria da sua amizade, mas se não parar, precisarei te bloquear. Estou com uma pessoa e isso está ficando chato. Obrigado.

Ele se referia à esposa, pois estava com ela e não achava adequado conversar com outra pessoa assuntos que deveriam ser falados somente entre casais. Mas ele mandara essa mensagem após as mensagens eróticas que ele mesmo enviou numa noite de insônia. Ele era insistente com ela, pedia fotos, queria saber o que ela estaria fazendo em determinado momento, queria controlá-la. Ela o deixava agir assim, pois precisava dele, da atenção, do carinho; a carência era seu ponto fraco. Ela sabia disso e lidava bem. Achava um tanto perturbador o controle dele, e ao mesmo tempo excitante.

Ela, numa bela manhã na mansão, olhando a casa toda ornamentada com suas paredes a dez metros de distância uma da outra, perguntou a ele:

— Você é feliz fazendo isso?

Ela se referiu aos casos extraconjugais que ele mantinha, que não eram poucos. Não havia segredos entre eles. Ela procurava deixar bem claro que estava a par de todas as aventuras sexuais dele.

— Ah, é bom — ele respondeu com aquele sorriso louco, desejoso, ardil, olhando fundo nos olhos dela. Então, ela disse:

— Ah, machuca!

Palavras, gestos e atitudes nos levam a um caminho sem volta, é fato. Foi feito. E relembrar, às vezes, machuca novamente a parte que foi prejudicada. Mas conseguir separar isso que dói no emocional do que é puro amor, prazer e cuidado, é muito inexplicável.

Quando ela o descrevia, conseguia ver também um homem sério, comprometido com o trabalho que estava indo maravilhosamente bem, cuidadoso, amoroso com a família, enfim, realmente encantador.

Ele a sentia sempre, desde o momento em que acordava, até a noite, quando se sentava com seus amigos em algum pub para beber e, claro, falar das misteriosas e variadas personalidades das mulheres. Ele pensava nela até quando estava envolvido com sua amante em potencial. Tudo o que ele fazia era muito bem pensado, calculado; ele era extremamente meticuloso. Pessoas assim têm amantes.

Certo dia, ele mandou um vídeo para ela. Uma confraternização na empresa dele. Foi ali que ela pôde perceber como ele era quando não estavam conectados. Eram momentos que ela realmente não queria ter visto, porque todo o seu encantamento caiu por terra. Ela já não conseguia vê-lo como antes, ele passara a ser outro aos seus olhos; estranho, perdido, distante, sem saber como agir diante dos colegas de trabalho, era realmente alguém por quem ela não se apaixonaria.

Ela o via com a esposa nas fotos, e por vezes, logo do lado da esposa, a outra amante. Viagens de avião, nos clubes sociais, lá estavam. Todas as pessoas sabiam. Aquilo era cruel, e o pior: na empresa, só ascendia quem dormisse com ele. As coisas funcionavam assim, e quase todas as mulheres cediam ao seu charme, enquanto outras tantas o denunciavam por assédio. Ele era incontrolável, sedutor, perspicaz, quiçá doente. Quando ela olhava as fotos das confraternizações da empresa e lembrava que todas aquelas mulheres haviam se relacionado sexualmente com ele, foi no mínimo aterrorizante.

A partir da visão das fotografias e da comprovação de seus atos delinquentes, ela soube que ele não era para ela, e que bom ele ter ido morar em outro país, apesar de manter todos os sinais vitais de uma relação forte. A partir daquele dia, ela pôde ter certeza de que deveria pensar mais em sua vida e então tentar esquecer que desenvolveu essa louca paixão por ser tão desprezível. Ela sabia também que ali começaria uma luta incessante para esquecê-lo, porque ele se fazia presente, acarinhando-a todas as horas do dia, mesmo estando em países em que o oceano os separava.

Ela acabou aceitando-o. Ela sabia que ele era assim, e poderia ser carência ou compaixão por parte dela — as duas possibilidades separadamente, ou ambas. Mas não importava para ela, pois havia uma conexão de almas, e isso bastava para os dois.

Ela estava em um momento muito especial de sua vida. Sempre foi intensa em suas emoções; nem sempre se deu conta de que eram emoções o que sentia, mas agora conseguia viver os momentos da vida com muita intensidade. Suas emoções ora estavam reguladas, ora não, mas sabia que era assim para todos os seres humanos que enfrentavam a existência. Porém, a partir do dia em que se conheceram, ela sabia exatamente o que queria e o que sentia, e era muito interessante manejar tantas emoções provocadas pelo encontro de vidas dos dois.

Ele se envolvia de modo bastante convencional com o seu trabalho, o que era uma forma de esquecê-la e também de agradá-la. Mesmo em dados momentos, fazendo mil atividades com o intuito de não lembrar dela, os pensamentos eram automáticos. Não pensar nela era um desafio, e ele se sentia perturbado por sentir aquilo. Tudo para ele lembrava ela, e a ligação mais forte que eles tinham era com relação ao tempo, e o tempo envolvia as horas, os minutos, os segundos e milésimos. À manhã, à tarde e à noite. O sol, a chuva, as estações. O tempo.

Ela respondia aos chamados dele como se fossem pedidos suplicantes, e as respostas que ela dava também estavam dentro desse nível — um misto de saudade, de vontade de estar próximo, acolhido em seu calor, em seu amor. Era amor e sempre seria. Sempre é amor. Ela se lembrava das palavras dele. Mesmo que possa não dar certo, o que é improvável, é amor. Sendo esse amor certo ou errado, o amor é, por si só, amor.

No retorno ao seu país, ao seu trabalho e à sua incansável rotina, ela recuperou por vezes a consciência de si, das suas coisas, e ele já não podia exercer tanto controle, pois ela começava a não o deixar fazer isso, porque não considerava justo ele controlá-la a distância.

Assim, mostrou-se aberta a novos relacionamentos, e num belo dia conheceu Charles, que, assim como apareceu na vida dela, logo se foi.

— Que beijo bom...

Ele voltou a beijá-la e seus corpos foram se tocando, juntando-se num só. A energia deles era muito intensa, não conseguiam parar de se beijar. Foi fácil para os dois sentirem um forte desejo um pelo outro. Por um instante, ela pensou em vingança, mas depois percebeu que não era isso, e sim uma forte vontade de ser amada, desejada, acariciada por alguém, e esse alguém estava ali em sua frente, com toda a vontade do mundo, para lhe dar o que mais necessitava naquele momento: carinho. Carinho, sim. Como eles se deram bem. Ficaram um bom tempo aos beijos e carícias, mas queriam mais, queriam fazer amor.

Combinaram de almoçar juntos e foram. Primeiro, ela se certificou de que Charles não tinha nenhum compromisso com alguma pessoa. E o almoço foi divertido: ele contou sobre seu trabalho, que era totalmente o oposto do dela. Ele era ligado ao ramo de automóveis velozes, possuía a mesma paixão que ela pelo trabalho, então a conversa fluía com facilidade. Após o almoço, eles deveriam retornar às suas funções e deixaram bem claro que iriam se ver novamente em outro ambiente.

Passaram-se dias e um novo encontro foi marcado. O lugar que escolheram foi um chalé nos alpes, que naquela época do ano estavam cheios de neve, e o sonho dela era acompanhar de perto a aurora boreal, fenômeno que, apesar de morar na Noruega, nunca havia se permitido contemplar. E mesmo estando muito bem acompanhada, com um homem interessante, não era com ele que ela pretendia ver tal maravilha. Com esse pensamento, no fim de semana, ela deixou tudo acontecer como tinha que ser, arrumou sua mala com roupas adequadas para o local, pegou seus pertences e pediu ao motorista que a orientasse com questões do carro e do trajeto para chegar ao destino.

Já estava pronta. Ela queria viajar de carro sozinha, pois tinha uma certa paixão por essas aventuras e pensou que, assim como esse homem com o qual ela havia se relacionado, a paixão que os aproximava era a mesma: velocidade, natureza, paixão pelo que era mais emocionante. A viagem durou cerca de duas horas. No caminho, ela podia ver ao longe as montanhas cobertas de neve, turistas esquiando, passava por grupos de escaladores carregados com seus equipamentos de escalada, carros e mais carros, por algumas pessoas paradas na beira da estrada para registros fotográficos, outras, por problemas em seus carros. Havia segredos para atravessar pelo gelo na pista, sem ficar à mercê da ajuda de pessoas desconhecidas, algo que ela não estava disposta a enfrentar.

Percorria o trecho de estrada mais perigoso, e, por que não, divertido. O carro por vezes seguia uma direção não desejada, deslizava suavemente sob o gelo, mas ela sabia como lidar com isso sem perder o total controle da situação. Ela finalmente chegou ao chalé. Estacionou o carro na lateral do lugar e pôde perceber que sua companhia já estava lá, com o fogo da lareira aceso. Ela sorriu, desceu do carro e pisou na neve, que cobriu suas botas pretas. Além das botas, ela vestia uma calça para esquiar, pois era o que mais a protegia do frio, uma jaqueta de lã e um gorro igualmente de lã, que a fazia parecer quem ela realmente era, uma linda mulher.

Ao bater a porta do carro, percebeu que Charles havia aberto a porta do chalé e a aguardava sorridente com seus enormes braços abertos. Aquela imagem a fez lembrar do outro, mas logo tratou de dissipar isso de seus pensamentos. Ela correu ao encontro de Charles, pois a neve começou a cair com toda a intensidade, e ela queria se aquecer no chalé por aqueles dois dias que iriam permanecer ali.

Ao entrar no chalé, após se deliciar com um longo beijo, admirou-se com o que viu. O chalé possuía uma enorme lareira ornamentada com pedras, e, acima dela, a cabeça de um búfalo pendurada. As luzes refletiam na intensidade certa naquele monumento, do qual ela não gostou muito, pois amava os animais e considerava tal ato cruel e de demonstração de poder. Os móveis que o decoravam eram rústicos, porém de um gosto refinado, tudo era perfeitamente cuidado, limpo e cheiroso, como ela gostava que fossem seus lugares de estadia. A lareira ficava na sala, que possuía uma enorme janela por onde podiam ver a neve caindo e ao fundo um profundo vale com suas geleiras.

Em dado momento ela sentiu um calafrio, e pensou ser o fim do mundo. Mas, ao escutar o som do fogo que estalava na lareira juntamente com a música que ele havia colocado para tocar, ela se sentiu feliz, com a lembrança do outro que a perturbava, mas ali ela seria feliz, com aquele homem que a estava deixando encantada com tanto cuidado. Ele era engraçado e viril ao mesmo tempo, e essa junção de qualidades a fazia rir. No chalé puderam conhecer melhor seus gostos e suas ideias, tudo estava perfeito. Resolveram cozinhar. Sim, eles precisavam comer. Apesar de terem a seu dispor todo o alimento de que precisavam, eles resolveram inovar, e, por que não, se divertir.

Então lá foram eles para a cozinha preparar o jantar de sexta-feira. Abriram um vinho, o que ajudou a aquecer e a complementar o sabor do jantar, e Charles preparou um delicioso e tradicional salmão norueguês com algumas especiarias que havia trazido. Enquanto conversavam entre beijos e carícias, ele ia, aos poucos, declarando-se para ela. Charles a admirava já há algum tempo, mas ela não entendia o que o fazia ser tão apaixonado assim, pois havia poucos dias que se conheciam. Ele olhava para ela com um carinho que a deixava lisonjeada. Ela sorria, ele a desejava ardentemente, e ela percebia claramente, pois, quando se tocavam, ele sempre estava pronto. Mas Charles sabia se conter e esperar o momento adequado para fazerem amor. Esses momentos faziam aquele chalé parecer um conto, estava tudo perfeito para os dois.

Enquanto bebiam e esperavam o jantar ficar pronto, foram até a lareira observar o fogo e a neve. Duas sensações opostas, que eles estavam sentindo; o fogo que aquecia os dois, e a neve que os fazia tremer de frio, mas não propriamente de frio, pois no chalé havia uma excelente calefação. O que os fazia tremer era o desejo que sentiam um pelo outro naquele momento. Seus corpos estavam unidos, ali naquele tapete de peles, cheio de almofadas de algodão e mantas de lã. Era o lugar perfeito para os dois concretizarem seus desejos. Olhando para o fogo e para a neve, eles fizeram amor. Ele se perdia em seus olhos verdes. Ficava longos momentos admirando seus cabelos longos e cacheados, sua pele morena. Ela, por sua vez, sentia sua respiração como se fosse a dele. Ele estava perdidamente apaixonado por aquela linda mulher.

Ao tremer de frio, ele prontamente se aconchegou a ela e colocou mais proteção para os dois. Permaneceram ali por alguns minutos e ele a convidou para irem à banheira tomar banho e depois jantar. Os dois foram para a banheira que estava super quente e perfumada com sais de banho especialmente escolhidos por ele para aquele momento. Após rirem muito no banho, pois Charles sempre fora muito bem-humorado, foram jantar. Tudo estava muito bem organizado por ele, o que a deixava tranquila e sem preocupações, além de se entregar realmente àquele momento e àquele homem que estava sendo querido com ela. E foi o que ela fez.

Por vezes ele se perdia nos olhos dela, e ela precisava fazer algum movimento engraçado que mostrasse a ele que, sim, ela estava ali e era de verdade. Ele ria e a abraçava fortemente. Jantaram e voltaram para a frente da lareira para ouvir o som do vento, da neve que caía e do estalar do fogo, com uma música suave de fundo que eles haviam esquecido que tocava, e que agora puderam ouvir e sentir como faziam bem aqueles sons. Ficaram ali por algum tempo, ouvindo, beijando e abraçando um ao outro até adormecerem.

Já era manhã quando ela despertou e viu aquele lindo homem ao seu lado. Ele dormia e ela o olhava querendo que fosse outra pessoa que estivesse ali, naquele lugar tão maravilhoso. Com esse pensamento, ela rapidamente se levantou e foi até a cozinha preparar o café. Os noruegueses costumam comer no café da manhã pão de centeio, manteiga e queijo marrom produzido com soro de leite com sabor caramelado. Ela gostava, era simples, mas saboroso, e claro, tudo acompanhado de um café bem quentinho, que ela adorava. Preparou tudo e, ao virar-se, pretendia levar até ele na sala, mas ele estava ali atrás, dando um forte abraço nela. Como eles estavam em sintonia, era tudo tão gostoso, tudo tão maravilhoso.

Após o café, foram esquiar. Havia uma pista de esqui nas proximidades, e lá estavam os dois perdidos na imensidão branca, rindo com as trapalhadas de Charles e seu esqui. Ele era grande e a fazia rir com suas manobras radicais, sempre chegando muito próximo a ela e beijando-a. Esse comportamento deixava os noruegueses um pouco espantados, pois não há muita expressão de emoções naquele lugar. Mas, para Charles, isso não era um problema: pouco se importava com o pensamento dos outros. Ele parecia intenso em suas emoções, e ela havia percebido.

Ao anoitecer, após organizarem os esquis e os carros, foram até um lago que havia próximo de onde os pescadores costumavam distribuir peixes das mais variadas espécies. Era a sobra das fartas pescarias daquela época do ano. Havia um senhor lá, já bem velhinho, sentado em uma cadeira antiga, feita ali mesmo, com pedaços de madeira e entalhada com esmero por algum nativo. Ele estava com o olhar voltado para aquele jovem casal, olhava os dois saudosamente. Ela falou para Charles:

— Olhe aquele velho senhor, por que nos observa dessa maneira tão intensa?

— Deve ser seu lindo cabelo, querida.

Ele sorriu e voltou o olhar ao senhor, e num gesto amigável o cumprimentou. O senhor retribuiu o cumprimento com um aceno. O casal chamava atenção por onde passava naquele entardecer; unidos, felizes e cheios de energia, o que era incomum ali nos alpes, no frio congelante. Voltaram ao chalé e já havia escurecido, mas os dois estavam bem, e ali era o local onde mais sentiam que podiam ser eles mesmos.

Assim, chegando ao chalé, foram logo se aquecer. Ela entrou na banheira quentinha e ficou lá por um bom tempo enquanto Charles aquecia o aposento com o fogo ardente da lareira. Quando ela saiu da banheira, ele já havia preparado uma deliciosa bebida para os dois, e os peixes estavam limpos, prontos para o preparo. E dessa vez haviam combinado que era ela que cozinharia. Então, as horas corriam e eles se envolviam com os afazeres do chalé. Quando ela assumiu a cozinha para preparar o jantar, um assado de peixes com batatas e salada, ele foi se banhar. Ao voltar, ela ainda estava envolvida com as tarefas da cozinha e ele foi ajudá-la. Quanto cuidado, delicadeza e atenção ele projetava nela. Ela ficava aflita, pois não conseguia retribuir tanto zelo. Aos poucos, foram bebericando o coquetel que ele havia preparado. Juntinhos, os dois bebiam na mesma taça, sentindo o sabor e discutindo sobre outras bebidas que sabiam preparar.

Jantaram, ouviram música, dançaram, e, é claro, mais uma vez fizeram amor ali mesmo na sala em frente à lareira. Acabaram esquecendo de que no chalé havia um enorme quarto todo decorado com uma mobília luxuosa, lustres que iluminam todos os cantos e poltronas enormes cheias de almofadas, mas eles poderiam ficar ali fazendo amor por vários dias sem se dar conta de tudo que havia naquele lugar.

Na mesma noite, que era propícia para se ver a aurora boreal, ela resolveu não sair do chalé, o que os demais hóspedes dos chalés ao redor, que eram vários, faziam. Aos poucos, em grupos, próximo à meia-noite, eles, cheios de mantas de lã, deixavam seus chalés e iam rumo a um clarão que havia ali perto, o local de observação. As pessoas costumavam levar bebidas para aquecer, principalmente gin, bebida típica derivada de batatas ou cereais, em que incluíam especiarias como erva-doce, cominho, cardamomo ou casca de citrinos, com seu tom dourado dependendo do vintage, o chamado por eles de *akevitt*. Bebem em copos em formato de tulipa durante as reuniões festivas, assim como no Natal e Véspera de Ano-Novo. O que acompanhava os que traziam bebidas quentes eram os famosos biscoitos de gengibre que ela adorava, uma tradição viking. Mas havia de tudo um pouco entre aqueles noruegueses, e os turistas traziam também de tudo um pouco: cerveja, cidra, vinho, vodca, tudo para se aquecer naquele lugar carregado de magia.

Ele a convenceu a ir observar aquele momento mágico, e lá estavam os dois, sentados num grupo de turistas, tentando se comunicar dentre os diversos idiomas que haviam ali num mesmo lugar. A língua que todos entendiam era a hora do brinde, da comemoração; todos sabiam quando deveriam erguer seus copos em um só brinde.

Ela sempre apreciava muito a noite, com seus perfumes, suas cores, seus sons, e ali, à espera da aurora boreal, não poderia ser diferente. Ela estava amando tudo. Em dado momento, sentiu falta de sua amiga Petra; desejava que ela estivesse com eles. Ela jamais se esqueceria daquela amiga que lhe confortou em dias horríveis na Croácia. Sentiu vontade de encontrá-la mais uma vez e pensou que faria exatamente isso quando retornasse à sua casa. Iria convidar Petra para passar alguns dias em sua residência.

A magia da aurora boreal não aconteceu naquela noite, pois o clima não estava propício para que o fenômeno se formasse, então todos foram para seus chalés aquecidos. O silêncio naquela hora da madrugada era assustador, o que fazia com que os dois se unissem num abraço caloroso. Lá, beberam chá e foram se deitar na cama, pois na última noite descobriram a cama que havia lá era um lugar tão ou mais confortável que a sala com sua lareira que superaqueceu a paixão dos dois.

Ali no quarto, naquele chalé, eles fizeram amor pela última vez. Ela gostava do corpo dele, da sua pele arrepiada ao tocar o corpo dela, dos beijos fortes e doces, do seu olhar que mais parecia um oceano, pois ele se perdia ao encontrar os olhos dela. O seu perfume, que era de um frescor comparável à lavanda e musgo de carvalho, era associado ao perfume de um homem audacioso. E ele realmente era um homem como poucos: decidido e corajoso, característica que ela quase não conseguia mais ver nos homens com os quais ela havia se relacionado. A não ser a grande paixão da sua vida, mas esse não contava mais, pois agora ela estava decidida a tentar esquecê-lo. Assim ela queria, mas foi uma decisão tardia em sua vida. Esses pensamentos surgiam e desapareciam de sua mente muito rapidamente, e ela só não entendia se era por que ela queria esquecê-lo, ou se realmente algo havia mudado em sua vida. Era como se ela pegasse uma frase de impacto qualquer e colocasse na sua mente e pensasse na frase em vez de pensar nele.

Aquela noite e aquele fim de semana nos alpes estavam acabando. Era hora de voltar para sua incansável rotina de trabalho, era hora de despedidas, e ela não sabia como proceder — se haveria a possibilidade de outros encontros, ou se seria apenas isso que aconteceu. Foi tão perfeito, tão lindo, mas ela não havia pensado se queria mais ou não; apenas se deixou levar naqueles dois dias, conseguiu ser ela mesma, sem rótulos. Apenas ela. Será que ele iria pedir novos encontros? E, se ele pedisse, ela ainda não havia pensado em qual resposta dar para aquele homem gentil e maravilhoso, que havia dividido dois dias de sua vida com ela. Foi difícil pensar isso, estava tudo tão incerto para ela naquele momento, mas era preciso encontrar uma saída sem ser rude com ele; ele não merecia. Ela se perguntava se queria mudar seus sonhos por ele, mas não havia pensado em sonhos ainda. Foi nesse momento que se deu por vencida por si mesma. Quem iria mexer com a vida dela seria ela mesma. Ela é que tinha que decidir. Como seu pai dizia: "você está perdida", e ela agora sabia que as falas de seu pai eram no sentido de que deveria se reencontrar. E ali, naquele momento, ela tinha uma oportunidade de se reencontrar consigo mesma e não conseguia parar de olhar aquele homem. Queria saber dar a ele uma resposta adequada.

Ele acordou e aquele mar de olhar encontrou o dela, ficaram perdidos no olhar um do outro, e ela se antecipou:

— Como vai ser?

— Precisamos arrumar as malas e voltar para as nossas casas.

— Eu sei, só para você e por você.

Ela sentiu nessas falas dele que ele queria mais. Ficou, porém, um tanto implícito, e ela gostaria que ele pudesse ser mais claro. Ele levantou-se e foi arrumar suas coisas e depois a acompanhou até seu carro. Bateu a porta e beijou-a, com um beijo forte e doce.

Ela sorriu e disse:

— Adeus!

— Adeus e até breve!

Ela não entendeu o *até breve*. Não ficou claro, não para ela. Mas por que pensava nisso? Por que queria tanto saber se haveria outros encontros, se ele a queria mais que tudo, como nos filmes, que agora se transformam em ficção? Sim, porque um filme de "viveram felizes para sempre" é pura ficção. Para ela, depois de um "viveram felizes para sempre" tem o fim da história.

Aquele *até breve* estava a incomodando, deixou-a à deriva num limbo de interrogações. Ele realmente gostou? Ele queria mais? Será que ele não havia gostado do seu sexo, do jeito que ela havia feito amor com ele?

— Mas que droga! O que ele realmente quis dizer?

Ela estava em seu caminho para casa, na estrada completamente esbranquiçada pela neve que havia caído na noite anterior, e pensava em Charles. Queria uma resposta mais clara por parte dele, pois ele a havia deixado confusa, muito confusa.

Aos poucos, o pensamento se dissipou, e a cidade já se tornava visível aos seus olhos; a sua cidade, mas também a dele, pois tinham o trabalho como proximidade. Eles se veriam frequentemente? Como seria? Mais um pensamento dela sobre eles dois. Ela se indagava porque, nos outros encontros que teve, não sentiu nem pensou sobre essas coisas.

Ela chegou em sua casa. Era domingo e precisava se recompor para assumir o trabalho no outro dia, já que teria algumas reuniões importantes. Desceu do carro e seus empregados já a aguardavam, conversaram por alguns instantes e ela foi para o quarto. A casa era no centro da cidade, com um enorme jardim e um espaço de lazer nos fundos, e do seu quarto podia ver parte da cidade e do mar. Uma sensação de alívio, de alegria e de estar bem consigo mesma foi o que sentiu ao vislumbrar o mar da sacada. Logo tomou um banho, colocou uma roupa confortável e foi para seu computador que ficava próximo ao quarto. De lá, pediu um chá para sua amada cozinheira. Ela gostava muito de viver sozinha em casa com a companhia de seus três empregados: a cozinheira, o motorista e jardineiro, e a faxineira. Eles se davam muito bem, e dividiam os afazeres com responsabilidade e delicadeza, o que a agradava muito. A cozinheira levou o seu chá numa bandeja, acompanhado de seus biscoitos de gengibre favoritos. Aquele sabor a fez lembrar do chalé.

A cozinheira perguntou:

— Fez bom passeio?

— Sim, muito, foram dois dias muito agradáveis.

— A senhora merece.

E se retirou.

Ela ficou pensando que, sim, todas as pessoas merecem ser felizes, fazer escolhas, viver tranquilamente, ter a possibilidade de serem felizes, de amar, de ter momentos como aqueles que ela teve no chalé com Charles.

— Ah, Charles, que homem encantador.

Olhou para o notebook e voltou para seu incansável trabalho. Preparou tudo o que lhe cabia para a apresentação da reunião no dia seguinte, e, cansada, foi para a cama. Ao fechar os olhos, veio a imagem dele nitidamente na Croácia, em seus pensamentos. Onde ele estava? Com quem? O que estaria fazendo? Estaria ele pensando nela? Mas, e Charles? E, assim, adormeceu.

Após algumas manobras radicais na neve com seu carro, preparado para esse tipo de aventura — coisas de menino-homem, pois ele era super-radical quando se tratava de diversão —, Charles chegou em sua casa, que ficava nos arredores da cidade, num bairro nobre, com avenidas largas supermovimentadas. Ele se mostrou muito feliz, havia tido um excelente fim de semana, mas era momento de voltar ao trabalho. Antes, tomou uma ducha, fez algumas ligações de trabalho e logo adormeceu. Sim, ele dormia muito, adorava ter uma boa noite de sono. Ao acordar, seguiu rapidamente para a sua função, agora com outro carro mais adequado para a cidade e para o trabalho. No caminho, voltou aos poucos para os momentos vividos com ela naquele chalé. Ele precisava pensar mais sobre o acontecido, mas estava chegando para um encontro com pessoas influentes à sua empresa, e não poderia se distrair por um momento sequer. Poderia perder muito dinheiro em uma simples distração, pois o mundo era de águias velozes, prontas para abater qualquer presa ao alcance da visão. Era dessa forma que definia seu trabalho: um mundo cheio de águias. Entretanto, desafios eram com ele mesmo. Assim, seguia firme e forte, sempre.

O trabalho levou os dois a se distanciarem por vários dias, e, assim, eles não se falaram. Mesmo que o pensamento do fim de semana voltasse, eles não conseguiam encontrar meios de se comunicar, muito menos de se ver, pois os horários já não combinavam mais. Ambos haviam muitos compromissos e pouco tempo ocioso, no qual eles preferiam descansar e pensar nas estratégias de trabalho. Viagens e encontros com empresários eram muito frequentes para os dois, e assim a vida seguiu, cada qual com suas questões e suas rotinas.

A vida na Croácia não era muito diferente: a empresa dele necessitava de um esforço muito grande de sua mente. O funcionamento do império que ele havia construído, por mais que houvesse pessoas de sua extrema confiança na empresa, era mantido por ele sob controle absoluto. Seus diversos escritórios espalhados pelo mundo todo faziam com que se sentisse cansado, pois necessitava viajar constantemente, porque seu desejo era expandir mais e mais seus negócios; para ele, não havia limites. Mas o tempo, este determinava algumas questões, e ele começou a se dar conta disso: o tempo já começava a lhe dar sinais, pois sua energia estava aos poucos se esgotando. Seria o seu fim? Ou seria o seu começo? Ele construiu um império para si. Começaram, aqui, algumas indagações sobre si mesmo. Por que tudo isso? Para quê? Algo mudou nele, ele sabia, e tinha sido depois que a conheceu.

Ela foi um estopim para ele, que começava a pensar no quanto havia aprendido com ela sobre a leveza da vida, do trabalho, e com o jeito que ela mostrava as resoluções para os problemas que o deixavam mortificado.

Aos olhos dele, tudo para ela era suave, mas inteligente. Ele se deu conta de que precisava se relacionar melhor com seus pensamentos, pois pensava demais no presente, no passado e no futuro. Ruminava muito as coisas que já não eram necessárias, e também se preocupava muito com o futuro.

Por exemplo, ele não queria e nem saberia lidar com a falência de sua empresa, e os seus pensamentos já tinham se tornado crônicos para um contexto de falência, o que fazia com que ele trabalhasse excessivamente. Ele sabia que deveria ficar atento aos seus padrões de pensamento, de que nem sempre eles deveriam ser produtivos. A preocupação que ele tinha, por vezes, era sem precedentes, pois havia coisas sobre seus negócios que ele não poderia controlar e isso o deixava com muita raiva. Ele sabia que seu primeiro passo era reconhecer o problema, e depois tentar encontrar estratégias ativas de enfrentamento a tais pensamentos. Em vez de ficar apenas ruminando, ele deveria imaginar a mudança em si e suas consequências, para então colocá-las em ação. As suas ações imediatas e as de longo prazo não eram devidamente pensadas e feitas, segundo ele. Por vezes, ele pensava muito, e, em outras, reprimia fortemente seus pensamentos, e assim começou a rever algumas de suas questões.

Ele sabia que deveria adotar estratégias de alívio. Precisava se distrair e curtir um pouco a vida, então voltou a cuidar de si. Começou a fazer exercícios físicos, atividades fáceis de realizar e que não tomavam muito seu tempo. Iniciou caminhadas noturnas, e durante elas podia colocar os pensamentos em ordem, aceitava-os como uma parte natural, apesar de não validar todos.

Alguns pensamentos vinham e iam, ele sabia disso, mas o que o perturbava há algum tempo eram as lembranças sobre ela. Ele gostava de tê-los e sempre mantinha em sua mente a imagem daquela mulher inteligente e delicada. Ele sabia que seus pensamentos não se tornariam verdade, por mais que pensasse nela, mas às vezes isso era tudo que queria: que ela se materializasse ali, diante de seus olhos.

Contudo, a prioridade naquele momento era a sua saúde mental. Ele precisava relaxar, e a queria para isso; esse era o pensamento persecutório que mais aparecia em sua mente nos dias de esgotamento mental. Ela sempre fora o seu elixir, apesar de ele ter outra amante. E, às vezes, ele se perguntava o porquê de manter as duas. Deveria ele ter sentido uma rejeição tão grande na infância que agora precisava se sentir rodeado de lindas mulheres, ou tinha ele um vazio tão grande que buscava uma mãe em todas com quem se relacionava? Ele não sabia, mas essas eram as duas coisas. Esse vazio era o que mais o incomodava; a falta de alguém, sempre a falta dela.

Sua esposa era uma mulher mais jovem que ele, que o levava para uma vida igualmente jovem, com amigos jovens, passeios e viagens com pessoas assim como ela, o que fazia com que ambos se sentissem um tanto deslocados.

No entanto, ele conseguia se identificar mais com sua paixão, e não entendia muito seu desejo por ela, nem o que era o desejo propriamente dito; mas o querer estar com ela, isso ele sabia o que era, e sabia muito bem. Ele sabia que isso era o que o movia até ela; ele se sentia como se saísse de si e fosse para fora dele mesmo. Aquele vazio que sentia talvez fosse preenchido por ela de alguma maneira. Não faltava nada em específico para ele, mas sentia que precisava dela, que era tudo o que queria. Quanto mais eles ficavam distantes, menos sinais eles conseguiam emitir um ao outro, e mais desejante ela se tornava, e vice-versa.

Havia espaço para o desejo ali, porque havia um vazio da parte dele, da sua personalidade, e então brotava a vontade de estar com ela. O tempo, os intervalos e a distância mantinham esse vazio sempre a ser preenchido pela presença. A saudade, esse tanto de falta que havia entre os dois, fazia com que eles desejassem um ao outro constantemente. Poderiam até ficar com diversas pessoas, mas nada nem ninguém os fazia esquecer, porque não era só o desejo que dava a sensação ilusória de preenchimento, mas os espaços que eles preenchiam com outras pessoas, e até mesmo com seus trabalhos, que abria o vazio. Não só o vazio, mas todo um contexto da vida de ambos e suas lembranças dos momentos agradabilíssimos que viveram eram um bom dispositivo para acionar a falta, e querer preenchê-la rapidamente, urgentemente.

Ele se tornava afrodisíaco para ela porque tinha uma inteligência acima do normal, diferente dos outros homens com os quais ela convivia. Ele sabia o que queria para si e para sua vida, e era isso que a movia para ele; ele a instigava muito. Esse laço firme que ele tinha com ele mesmo talvez fosse o que ela amava nele. Aquele amor que ele exercia com ele mesmo era muito atraente associado com sua inteligência e com a força que ele exercia para manter isso em sua vida. Era o jeito que ele havia encontrado para ser na vida. O fluxo da vida dele e de seus velhos ideais tinham sentido para ele, era a sua vida sendo reproduzida e cuidada por ele mesmo. Ela observava isso, e ele sabia simbolizar isso na vida dela também, pois ele cuidava da vida dela, e ela sentia isso todos os dias, o que era algo fácil para ele fazer. Ele arrumava negócios muito promissores para a empresa dela, e quando ele não agia assim, ela sabia que ele estava, no mínimo, triste, com um problema maior. O que o movia era isso: cuidar dela. Isso lhe dava muito prazer, e quase nunca faltava, pois observava a falta que havia na vida dela e organizava tudo para que as coisas ficassem bem.

Os desejos sexuais dele estavam sempre num plano abafado. Com toda sua energia sexual, ele não dava conta nem com a esposa, nem com a amante, nem com outras mulheres; ele só encontrava o que precisava nela. Para ele, era como se fosse na cama com ela o lugar do bem que ele precisava, o lugar dele. Em suas fantasias, ele não calava, mas na realidade se continha, pois não queria ser um depravado sexual. Mas com ela... ele seduzia e era seduzido. Era como se houvesse uma música ali, uma bela obra de arte a ser observada e decifrada; era assim a paixão dos dois.

Eles estavam muito envolvidos, era quase como uma dependência afetiva, e eles precisavam elucidar isso. Todas as pessoas precisam de amor, carinho, cuidado e atenção para viver, mas eles estavam em um grau um pouco elevado do querer, já não se viam um sem o outro. Sentiam que precisavam dividir tudo, informar seus horários, suas atividades, seus compromissos, e começavam orbitar um em torno do outro como se girasse apenas entre si, mas era uma fantasia que um fazia do outro, o que os deixava em dependência afetiva. Nenhum dos dois possuía o empoderamento afetivo, apenas quando estavam juntos, e esses momentos eram poucos. Era apenas ilusão pensar que havia complementaridade quando estavam juntos, porque isso não existe. Eles queriam compartilhar a vida um com o outro, mas não havia disponibilidade para esse acontecimento, pelo menos não como gostariam que fosse.

Colocar afeto ao outro sem ser desesperado é muito interessante, e eles faziam isso muito bem, apesar de todo o sofrimento e dos limites. Os dois, em determinados momentos, sentiam que lidavam muito bem com isso, mas, em outros, sofriam, porque queriam no exato momento a presença um do outro. Eles sabiam que deveriam se contentar por um tempo com uma felicidade mais modesta. Na mente deles, não que pensassem exatamente igual, mas estavam dispostos a aproveitar o máximo possível do que viviam, pois já era distração suficiente manter o pensamento um no outro. Eles tinham paciência para os momentos desagradáveis dos quais não tinham controle, e havia combinações veladas entre os dois. Esse era parte do verdadeiro sentido para a vida que levavam. Eles se conheciam muito bem através de outras pessoas, é claro, já que os encontros entre os dois eram escassos. Conheciam suas disposições, seus talentos, sabiam tudo sobre eles.

Quando se encontravam, ela questionava tudo sobre ele, mostrava-se sempre muito curiosa sobre a sua vida. Já ele procurava descobrir e saber da vida dela por outras pessoas. Ele era assim: não perdia tempo com perguntas quando podia simplesmente beijar, abraçar e fazer amor com ela; era perda de tempo. Como ficava apenas ouvindo as pessoas falarem dela, ficava cada vez mais curioso e com um forte desejo de encontrá-la. Isso quando ainda estava de passagem na Noruega, pois agora, morando em definitivo na Croácia, já não era mais possível saber tanto como gostaria, apenas mantinha alguns contatos mais emergentes na cidade dela, e os outros acabaram-se extintos pela distância e pela pouca necessidade. Assim, ele ainda possuía certo controle da vida dela, mas com a certeza de que estariam cada dia mais perto de se encontrarem.

Ela havia perguntado a ele se ele ainda viria para a Noruega; ele respondeu que sim, mas que aquele momento não era propício para viagens em virtude do seu trabalho, porém brevemente ele iria até a Noruega. Ele não havia se referido especificamente para que iria, apenas deixado alguns poucos amigos e o escritório ativo, assim como a mansão, que ficou intacta, ocupada apenas por alguns empregados deixados para os cuidados necessários. Ele havia desenvolvido um sentimento de amor pela sua mansão e por alguns amigos que estavam ali. Já ela, queria acreditar que ele a mantinha para que pudessem se encontrar.

Ela dizia a ele:

— Aquele quarto é o melhor lugar do mundo para fazer amor.

Ele apenas a olhava com aqueles olhos apaixonados e sorria. Sim, para ele também era realmente o melhor lugar do mundo para se fazer amor, mas o motivo não era só ela: ali, naquela mansão, ele havia mantido por longos anos a amante. Ela via fotos dessa amante em viagens com ele, a esposa e os amigos. Essas fotos sugeriam que a amante era a sombra que acompanhava eles por onde quer que fossem. Ela considerava aquela atitude dele uma afronta à esposa, pois a colocava numa situação humilhante aos olhos dos outros. Todos os amigos dele observavam o que ele fazia, e reprovavam veementemente. Mas o que poderiam fazer a não ser desaprovar? Não possuíam tamanha capacidade de elucidar tal comportamento, mas ficavam estarrecidos com a falta de sensatez dele. Assim, aos poucos, ela começava a se afastar, começava a desenvolver um outro sentimento por ele que não era apenas aquela paixão avassaladora. Ela, por vezes, principalmente nos dias chuvosos, gostava de passar de carro pela mansão, olhava a entrada, e lembrava da sensação que teve ao entrar ali pela primeira vez.

— Mas e a minha essência? — ela se perguntava.

Como poderia ter se deixado levar assim? Ele demonstrava esse caráter que ela desaprovava, mas a forma que a mantinha era tão apaixonante que ela não conseguia se livrar das amarras que ele a impunha. Porém, após a viagem no cruzeiro que fez com ele, deu-se conta de que estava mais para ser uma despedida do que qualquer outra coisa.

Ela procurou manter esse pensamento de que a viagem foi a despedida. A essência dela não permitia tamanha loucura, porque, sim, manter uma relação com ele seria uma loucura.

Na sua infância, ela foi uma menina que teve todos os cuidados, todos os luxos que uma criança poderia ter. Sua família era tão cuidadosa com ela, ofereceram os melhores estudos, nas melhores faculdades, falava vários idiomas e não permitiam que ninguém lhe causasse qualquer sofrimento por menor que fosse; ela era muito protegida por sua família. Sua personalidade não condizia com comportamentos como o dele. Ela não considerava correto, porém nunca disse isso a ele. Não era ela que iria mostrar quem ele era, e muito menos levá-lo para um caminho certo, se é que havia um caminho certo para as pessoas. Era uma questão de seu próprio caráter, ela sabia, e a vida mostraria, talvez através do sofrimento, do arrependimento de certas atitudes, que ele estava errado.

Ela procurava apenas receber as falas dele e nunca o contradizia, apenas em determinados momentos em que ela também não estava bem, mas mesmo assim evitava confrontá-lo. Havia muita diferença na personalidade dela e dele; era isso que os unia naquela conexão? Um admirava o outro, ou a falta que tinha da personalidade do outro, talvez? Ela se questionava.

Ele a admirava muito, sabia que ela seria uma pessoa que lhe daria certo trabalho para conquistar, e ele gostava disso. Mas o que o surpreendeu foi ela tê-lo beijado logo nos primeiros encontros. Ele considerou a atitude uma provocação, pois jamais esperaria um comportamento desses.

Com o passar do tempo, após um ano, mesmo vivendo apenas com os cumprimentos do dia através das redes sociais e dos sinais para que um lembrasse do outro em determinada hora do dia, numa sexta-feira à tarde, ela, após o trabalho habitual, foi para sua caminhada, e ao voltar sentiu-se mal. Tomou um banho e foi se deitar, não estava realmente em perfeito estado de saúde. O que seria?

Ela começou a ficar com medo do que estava sentindo; seu corpo parecia não ser o mesmo. Sua pressão arterial estava muito baixa, demorando para voltar ao normal. Mais um pouco e deveria acionar seu médico. Mas não foi preciso, apenas ficou em repouso e sua empregada trouxe chás e um alimento bem salgado, que, segundo ela, era bom para a pressão arterial.

Foi neste dia que ela adormeceu muito cedo. Ao entardecer, ela dormiu e assim foi a noite toda. Não entendeu se foi por conta da medicação que havia tomado, mas apagou completamente. Durante a noite, acordou apenas uma vez com uma mensagem de um amigo dele. Ela sabia que era hora de dar boa-noite, mas não conseguiu, virou-se para o lado e adormeceu novamente.

No outro dia, no sábado, ele não apareceu on-line. Apenas às dezenove horas ele surgiu, mas não falou com ela. A dor que ela sentiu nesse dia foi quase insuportável, pois, como era sábado, ela não podia nem ligar e nem mandar mensagem para ele, pois era o combinado dos dois. Ele estaria com a esposa e a família dela.

Ela, mais uma vez, estava à mercê dele e de seus caprichos. Ela não entendia o que estava acontecendo, se era um castigo imposto, ou se realmente tinha acontecido algo sério com ele. Não tinha como saber. Naquele dia teve a certeza de que não merecia isso. Não merecia ficar sem saber dele e sem saber se era castigada, ou qualquer outro motivo concreto. Eles precisavam conversar; era isso que ele queria? Que ela ligasse para ele? Talvez, havia mais esse terceiro ponto a ser pensado. Ela gostaria de ligar, mas ele a proibiu. O caráter dele mostrava exatamente esse controle sobre ela, e não só a ela, mas a todos à sua volta, todos que entravam em sua vida e que ele podia controlar. Apesar de ela sentir-se mal com a situação, sabia que era por pouco tempo; ele não resistia, não conseguia ficar muito tempo sem estar on-line para ela. Eles namoravam assim, estando on-line um para o outro, ali naquelas horas que eles se comunicam diariamente. Não precisavam de palavras, só precisavam estar ali, conectados.

Num determinado dia, ela mandou algumas folhas de um material de um projeto dela para que ele analisasse e dissesse o que pensava sobre. A opinião dele era muito importante para o projeto, porém ele não esboçou uma reação sequer, muito menos uma opinião. Ela havia prometido a ele, em uma de suas mensagens, que iria mandar mais alguns materiais para ele ler, sobre um projeto dela, mas isso quando ele deixasse claro que teria tempo para ler.

— Estou amando realizar esse meu projeto. Assim que tiver tempo, me avisa, que mando mais alguns para você ler.

Ela ficou esperando que ele pedisse o material, e ele não o fez. Após uma semana, não tinha demonstrado nenhum interesse. Poderia, sim, ser uma surpresa ela idealizar aquele tipo de projeto, mas ele não sabia que ela havia começado logo que se conheceram e que agora estava em vias de fato.

Seria esse o motivo de tanta ausência naquele sábado? Ele queria o material, mas não queria lhe pedir? Ela deveria saber o que ele queria, e mandar logo? Como não fez, ele resolveu desaparecer para que ela viesse atrás? Com certeza, sim. Ele era assim, todo orgulhoso, e esnobava dizendo que ela corria atrás dele, mas ele já havia exercido todo o controle possível, toda a manipulação; era quase um abuso emocional.

Ela sabia, era abuso, mas em sua total submissão, admiração e certo controle, sentia um prazer. Era estranho; prazer e sofrimento, ela era sadomasoquista? Eles eram um casal que possuía uma relação patológica? Sim, com certeza. A relação deles era patológica. Mas era amor, era leve, era sexo bom, era cheiro, tesão, corpos em êxtase diariamente.

Após ficarem on-line, namorando por alguns minutos, naquela noite de sábado, após ele deixá-la de castigo, ela foi dar sequência ao projeto, pois sabia que logo se encontrariam. Quando ele ficava assim, um pouco ausente, dias depois dava um jeito de ir vê-la na Noruega. Certamente, na segunda ela teria que ter em mãos mais algum material para ele, mas ela já tinha tanto e ele não se interessava. Ela já não sabia como agir, mas tomou uma decisão. Iria mandar mais algumas folhas apenas e depois mostraria o restante só quando ele estivesse realmente ao seu lado, depois de fazerem amor como ela queria fazer, do jeito dela. Ela era uma mulher dominatrix, com doses generosas de dor e romance, exercendo um poder físico e psicológico, que eram primordiais para ela quando fazia sexo com ele. Mas só sentia esse desejo com ele e nunca com os demais parceiros, pois com ele sentia uma confiança maior e sabia que ele estava disposto a realizar todos os seus desejos, e os desejos dela eram sempre os dele também.

Passado algum tempo, ele mesmo contou por mensagens o que aconteceu naqueles dias em que não pôde conversar com ela nem dar sugestões sobre seu projeto. Ele estava prestes a se separar da esposa, porém não queria conversar sobre o assunto, o que a deixou em pânico. Teria a esposa descoberto alguma coisa sobre eles? Sim, a esposa havia descoberto algo dele, mas não da relação dos dois, e sim sobre todos os assédios que ele ainda cometia no ambiente de trabalho, o que era inaceitável.

Esse fora o motivo pelo qual ele não quis conversar com ela. Não saberia como explicar tamanha insensatez. Ele estava em seu pior momento, sem forças para continuar a vida perante toda a sociedade e a família da esposa, que eram pessoas influentes na Croácia. Ele era prisioneiro do próprio destino, do que construiu para si. Confessou a ela que não sabia como sua situação iria ficar, se iria permanecer sozinho ali na cidade dela, ou se iria morar em outra cidade. Tudo estava muito complicado aos olhos dela, mas não tanto assim aos olhos dele.

Ele teria planejado essa vida? Talvez. Ela começou a pensar na amante dele há anos. Ela estava certa. Eles iriam, talvez, com a situação da maneira que estava, ter nesse momento a possibilidade de viverem juntos.

Desde o primeiro dia que se conheceram, ela nunca desejou que ele se separasse da esposa e das filhas. Sentia prazer ao ver os olhos dele brilhando nos poucos encontros que tiveram. Ele era, sim, uma pessoa feliz, realizada, e ela se sentia bem que fosse assim. O sorriso dele ao recebê-la em sua mansão, ela jamais esquecerá.

A segunda-feira chegou, e, como ela não tinha compromisso no trabalho pela manhã, resolveu fazer algumas compras. O caminho para as lojas mais luxuosas onde ela amava fazer compras passava antes pela mansão desabitada por ele, e habitada apenas pelos funcionários. Sentia uma alegria tão grande quando olhava o lugar onde ela havia sido tão feliz, vivido bons momentos, e outros nem tantos, pois tinha visto a amante dele saindo por aqueles portões. Mas, apesar da visão horrível, ela mantinha as lembranças agradáveis dele e dos momentos que passaram juntos. Passava por aquele caminho e seguia até as lojas bem dispostas em uma rua lateral à casa dele. Ali, sentia-se em casa. Muitas lojas, várias grifes ao seu dispor; ela era uma admiradora por natureza, pois além de admirar pés centenários de oliva, também era adepta a uma boa e atualizada vitrine, as que tinham roupas mais casuais e mais requintadas também. Bolsas, sapatos, echarpes, joias... ela nunca estava satisfeita, sempre em busca de novidades.

Chegando em casa, pedia para a arrumadeira doar as roupas que estavam no armário, pois a reposição havia chegado, ou por vezes estava por chegar, porque também era viciada em compras on-line. Ela nem sabia quando iria gastar todo o seu dinheiro. Ela nem sabia fazer essas contas, não era necessário. Então abriu um vinho, pegou sua taça e a encheu, e, ao sentar-se no sofá na varanda, o telefone tocou, sem identificação. Como sempre, ele nunca ligava do próprio número, pois não queria que ela tivesse qualquer prova dele; ele era cuidadoso com isso. Ela não se importava, mas também começou a deixá-lo sem provas. Já não era toda ligação que atendia, e nem todos os sinais dele que respondia. O telefone tocou, e sua taça de vinho foi ao chão pelo movimento brusco que fez para atendê-lo. Naquela manhã, ela estava um pouco ausente aos sinais dele, e então ele ligava, mas era apenas para que ela ficasse on-line com ele. Foi no instante que a taça caiu que ela ficou fora de si, e mandou diversas mensagens a ele.

— Senti sua falta, sábado, ontem e hoje. Apenas me diga, como você está?

— Sim, tudo ótimo, obrigado.

— Obrigada pela consideração.

Assim ela se despediu dele, e seguiram com suas vidas. Apesar de não haver muita fala por parte dele, pois evitava ao máximo, eles sentiam que estavam sempre em sintonia. O bem-estar e a alegria tinham voltado para os dois, afastados por uma distância que os fazia sentir muito a falta um do outro.

Ela almoçou em casa nesse dia e, após o almoço, ele novamente ligou para lhe dar boa-tarde. Era sempre assim, ficavam namorando on-line por alguns minutos e seguiam com suas tarefas. Ela permaneceu em casa por mais algumas horas e depois foi ao escritório, pois tinha uma cliente para receber, e ele seguiu com suas intermináveis reuniões, mas sempre lembrando-se dela, que estava a uma distância bem considerável. Para ele, saber da existência dela ao seu lado já era suficiente para sentir calafrios de desejo por ela.

Houve uma época em que apenas duas quadras os separavam, então ela pegava o telefone e ligava para ele:

— Vem tomar um café.

— Melhor não.

Sentia muita vontade de ir vê-la, porém era sempre muito receoso de que outras pessoas pudessem vê-los juntos. Não se sentia seguro. Ela insistia, dizendo que queria apenas vê-lo e conversar sobre tanta coisa! Ele recusou novamente. Desligaram o telefone. Ela volta a olhar o aparelho e ele faz o mesmo; o pensamento e o sentimento ali, o desejo intacto. No outro dia, o som rompe tudo. Ela se assustava frequentemente com sons que eram provocados por ele, diversas situações sonoras que ela sabia que ele causava e que a faziam rir. Ela apenas ouvia, cheia de alegria, euforia e paixão. Ela o queria, mas se continha ouvindo os diversos sons que o desejo dele emanava.

Em um dos últimos encontros que tiveram na Noruega, na mansão, ele disse a ela:

— Naquele dia foi tudo tão rápido!

Ele se referia ao primeiro dia que fizeram amor.

— Quantas vezes nos vimos antes de fazer amor?

— Quatro encontros.

Foi o suficiente, foi devastador. O olhar contido, o suspiro também contido, porém o pensamento, ah, o pensamento, o primeiro encontro de olhares; o que dizia tudo aquilo? Eles se entreolhavam, e apenas imaginavam. Havia uma completude, era assim que se sentiam, ali, juntinhos, os dois, completos. Era isso que faltava, essa coisa sem lógica, um querer sem sentido, sem aprisionar. Palavras, olhares, perguntas, respostas, sentidos, respirações ofegantes, tremores, suores, sentidos aguçados ao máximo. Sentam-se próximos, ele se vê enlouquecendo e ela percebe e delira. Ele quer tocá-la, ela percebe e se aproxima para senti-lo mais; aquele toque da mão dela o faz ter vontade de arrastá-la para qualquer lugar em que possam fazer amor. Ele segura a face dela com força e a beija com força, mostrando-lhe o quanto ela é querida por ele. Já tinha passado da hora de ir e eles haviam se comprometido com seus trabalhos, portanto não poderiam permanecer juntos.

No outro dia, ela olhou pela janela, viu a chuva que caía e os pingos que batiam incansavelmente sobre as folhas das árvores do seu jardim. Aquele barulho, aquela visão dos pingos no asfalto, fizeram ela lembrar do que havia sentido numa manhã de janeiro, o mesmo que sentiu seu coração ao tocar o corpo dele. Ela olhava novamente para a poltrona em que ele havia se sentado, quando aqueles olhos negros dele a fitavam sem parar. Ela sentou-se ali como uma forma de estar junto dele, mas ele não estava lá, eram apenas os pensamentos dela. Eles marcaram um encontro, mas ele não compareceu nem para lhe dar bom-dia. O que houve? Ela não sabia, tampouco ele, o que acontecera naquele dia.

Dias se passaram até que a lua cheia surgiu no céu e jogou sobre eles lembranças carregadas de visões, ruídos e tudo mais. Na noite anterior, o barulho irrompeu o sossego dela; os sons daquela moto a incomodavam tanto que doía, remexiam suas entranhas. O sino badalando às dez da manhã. Os telefones insistentes tocavam numa sala, em outra e mais outra; tanta gente querendo falar, ou ele dizendo a ela: "estou aqui!"

Era ele, sempre era ele. Ele ligava em todos os lugares possíveis, menos para ela, e ela também não ligava mais para ele. Ela ficava irritada, mas de uma forma tão radiante, cheia de atenção, de carinho. Agora mesmo, ela ria muito com a insistência dos telefones ao seu redor; causava-lhe cócegas, então ela ria, divertia-se muito com os sinais que ele provocava. Quem é ele? Seria delírio? Ele e Ela. É um espetáculo de emoções, percepções e ações. Ele quer mais e ela também, agora mesmo. Ele sabe que ela está lá no trabalho, olha para o seu telefone e liga. 10:42, 10:44, 10:48. Seus significados!?

Só os dois sabem o que significam essas horas.

SIGNIFICADOS DOS SINAIS

A partir daqui tudo terá um significado para eles. Esses eram os sinais que eles mais amavam, porque falavam dos dois; somente eles dois sabiam, entendiam e estavam dispostos a ter mais sinais significativos. O tempo, o vento, a lua, o sol, as flores, o sabonete, os cremes que ela usava, o relógio. Apenas os dois amantes entendiam os significados dos sinais.

Ela foi, ele ficou na cama. Lembrava, ouvia música, tentava se distrair, mas nada era comparável e o faria esquecê-la. Ela estava com seus sentidos bem aguçados: será que é ele? Ele está por perto? Ele me segue? Me vigia? Então, começou a cuidar, porque sim, ele estava fazendo tudo isso. Ela deveria estar mais atenta, ele estava próximo, ela sentia. E rompia o silêncio em risos de alegria. Mas ela não o via, seria delírio? Alucinação? Não, não era, era ele. Aquele olhar! Por que ela demorou tanto para perceber que ele a observava?

Quando ele saiu de férias, chegou em sua casa e olhou tudo ao redor, aquilo tudo parecia sem sentido, ele estava se sentindo perdido dentro da própria casa. Olhava o telefone, nenhuma mensagem dela, nenhuma ligação, nada! Saía de casa, tentava se envolver e se divertir com seus amigos, mas nada, nada o tirava daquele mundo em que ela o havia colocado. Como ela era diferente, linda, sedutora; aquele amor gostoso. *Quem é ela? O que ela quer? O que devo fazer agora*, ele pensava. Contava aos amigos novamente sobre ela, e eles riam felizes porque mais uma vez a paixão rompia suas vidas mundanas, e a emoção tomava conta. Por vezes, ele se sentia perturbado com tanto sentimento por ela.

Certo dia, eles brigaram, como tinha de ser. Ela ligou para ele furiosa, dizendo-lhe que estava com raiva, pois ele seguidamente desestruturava suas emoções.

— Odeio você! Você brinca com meus sentimentos, consegue me tirar da realidade e me joga em um mundo no qual eu não desejo estar.

— Por que isso, agora? Por que falar assim de nós?

Com uma resposta assim, ela já estava novamente à mercê dele, das artimanhas que ele sabia manter como ninguém. E lá seguiram, entre amores pensados — sim, pensados, porque a maioria dos encontros que conseguiam desenvolver era mental, falando por telefone e marcando encontros que nunca se concretizavam, e falando, apenas para tentar se livrar do sofrimento que era para os dois ficarem livres do sentimento de pertencimento um ao outro.

Esses encontros mentais eram pensados, claro, cada um à sua maneira, com suas próprias nuances a partir do desejo que um sentia pelo outro, ou apenas por uma fala ou uma imagem que um observava do outro. Então, começava na mente de cada um uma história sempre com começo, meio e fim, com todos os detalhes misturados a muita emoção. Eles conseguiram desenvolver um filme em suas mentes sobre como seria estar naquele momento perto um do outro. Criavam um lugar apropriado para que pudessem desenvolver os seus desejos. E assim passavam a maior parte dos dias: com o pensamento conectado àquela paixão.

Havia meses em que eles não se encontravam, e ele resolveu que era hora de se verem. Seu trabalho estava muito bem estruturado, com pessoas qualificadas que poderiam dar sequência a ele, então começou a desenvolver um plano de viagem que depois lhe enviaria para que ela pudesse aprovar ou não. O plano era de cada um sair de seu país e ir para o México, onde ficariam alguns dias e depois iriam para Chicago, cidade em que ele mantinha um escritório e também um apartamento que eles poderiam se hospedar se ela aceitasse a ideia. Evidentemente que ela arrumou as malas de imediato, antes mesmo de ter certeza se poderia sair naquele momento do seu trabalho. Constatou que não era adequado viajar, pois teria que manter contato com seus negócios quase que diariamente. No entanto, não teve dúvidas, e organizou o que era mais importante.

Naquela mesma tarde, saiu do escritório decidida a assumir todos os riscos da aventura. No caminho para casa, conseguiu sentir o ar, que não sabia ao certo, mas parecia perfumado com flores da primavera. Era o êxtase do momento que estava vivendo; sorriu. Chegando em casa, pôde ver o quanto mantinha pessoas queridas ao seu redor, pois tudo estava organizado conforme havia pedido. Suas malas estavam à sua espera, à espera do voo que a levaria para o México. O motorista a levou ao aeroporto, acompanhou-a até o embarque e se despediu:

— Tenha uma ótima viagem.

— Obrigada, cuide de tudo por mim.

O motorista fez um sinal afirmativo e seguiu. Ela ligou para ele do aeroporto avisando de sua ida e perguntando se ele poderia esperá-la no aeroporto do México, pois ela nunca havia estado naquele país e estava um pouco insegura. Quando desceu do avião, pôde vê-lo à sua espera. Ele veio ao seu encontro; não se tocaram. Apenas o olhar, a proximidade, e ficaram assim por uns instantes para que a mente conseguisse processar o que aconteceria a partir daquele momento. Ele tocou o braço dela de leve, com um carinho suave, arranhando seu o braço com a mão. Ela sorriu, fez o mesmo nele. Seus corpos precisavam de mais proximidade, e então, aos poucos, bem devagar, um se colocava mais perto do outro, sem pressa, pois o tempo agora era deles, e eles o manipularam conforme seus desejos. Tocaram-se e ficaram ali submersos naquele abraço, sentindo a energia que seus corpos emanavam; ele delicadamente colocou a mão no pescoço dela, e seus dedos enrolaram-se em seus cabelos cacheados.

Eles sorriram e se beijaram como se fosse o último dos beijos. Mas era só o primeiro da saga que começava a acontecer. Após o check-out, ela já começou a pensar que, pelo tipo do carro que ele havia escolhido para usarem, aqueles dias no México realmente seriam uma bela aventura.

A primeira parada dos dois foi num chalé, muito simples, coberto com palha, ali mesmo do local, construído com madeira rústica, e um detalhe era o banheiro: a porta tinha apenas uma tranca do lado de dentro. Ela sorriu quando viu aquilo. Os detalhes sempre chamavam a sua atenção, gostava de observar e sentir o ambiente em que iria se hospedar. A praia era quase deserta, com uma areia fina e branca que fazia cócegas em seus pés de tão fina. Ali eles fariam amor, o amor que o tempo, a distância e as condições de cada um não permitiam. Tudo estava tão lindo, tão perfeito; os drinques que ele buscava nas proximidades num bar, as comidas mexicanas que chegavam sempre na hora em que seu paladar estava disposto a degustar, o conforto do simples chalé a havia surpreendido. Ele já havia estado ali com sua esposa, então para ele era tudo muito normal, mas ver os olhos dela brilhando ao estarem naquele lugar era para ele a coisa mais linda de se ver. Ele acabava se perdendo no riso fácil e no olhar dela, nos carinhos que ela iniciava e interrompia apenas para ver o que ele sentia. Os momentos de amor estavam sendo exaltados por noites de lua cheia, que, com sua grandeza, banhava o mar com luz e os mantinha na beira do chalé, apenas sentindo o perfume da noite e ouvindo o som do mar batendo na beira da praia.

Permaneceram ali mais alguns dias, e chegou a hora de ver como seus negócios estavam indo. Partiram para Chicago. Começaram a se dar conta de que estavam no meio da viagem. Apenas o olhar dos dois era o suficiente para que entendessem que haveria um fim para aqueles dias maravilhosos de amor. Seguiram viagem até Chicago. Chegando ao apartamento dele, que era todo luxuoso, com uma vista incrível da cidade, ele a levou até a suíte do apartamento. Era tudo tão perfeito: a cama, o ambiente, o desejo de fazer amor, a cidade.

A cidade estava com a temperatura elevadíssima. Aquele era um verão como nenhum outro, de muito sol. Os dias amanheciam com uma luz admirável. Ela mantinha o hábito de, ao acordar, abrir a janela para ver como estava o dia, e para sentir em seus pulmões o ar fresco da manhã, que a revigorava. Eles, aos poucos, foram se organizando; ela fazia as refeições para eles no apartamento, saía para comprar os alimentos e preparava as refeições, claro, sempre muito leves, pois os dois mantinham uma alimentação à base de grãos e frutas, com muito pouco ou quase nada de açúcares e glúten. A diversão dela era preparar os alimentos para os dois.

Enquanto isso, ele trabalhava distribuindo funções entre seus muitos colaboradores, ali ao lado dela, vendo-a se deliciar com as atividades culinárias. Era a hora de preparar uma bebida para os dois enquanto ela acabava de preparar o almoço. A mesa era preparada com muito carinho e delicadeza, com flores, guardanapos decorativos, talheres e louças escolhidas com esmero; o acabamento ficava por conta do prato do dia, sempre muito colorido e apetitoso. Ele ficava olhando-a na cozinha, linda, caminhando com desenvoltura e leveza, de pés descalços, vestido branco, cabelo preso, exalando um aroma que era uma combinação dos cheiros frescos de alecrim e lavanda, misturados com seu perfume favorito. Ele sentia-os em suas narinas como se fossem notas musicais que por ora se transformavam em desejo ardente.

Foram almoçar depois de alimentarem a alma, duas horas depois. E assim, dias e dias se passavam, entre amor, passeios, banhos de mar, passeios de barco, jantares à luz de velas, risadas, compras, e um pouco de controle quanto aos seus compromissos de trabalho; tudo perfeito. Conversavam sobre tudo que se referia aos dois e aos seus trabalhos, um sempre aprendendo muito com o outro. Ele mostrava todas as artimanhas utilizadas no seu meio e ela mostrava toda sutileza e desenvoltura ao lidar com questões que, para os dois, eram primordiais para levar adiante o império que tinham construído. Passavam horas naquele paraíso. Ligavam para suas famílias, em seus respectivos países, Noruega e Croácia, conversavam por meia ou uma hora ao telefone, mas, ao desligar, já não lembravam de nada do que diziam a quem estava do outro lado da linha, pois não queriam perder o tempo que possuíam para desfrutar de tudo o que tinham em seus dias de amor.

Andavam de um lado para o outro dentro do apartamento, loucos para contar para todo mundo o que sentiam, mas não havia ninguém que pudesse dividir tamanha alegria sentida, a não ser Petra, a amiga dela que agora passava a ser a única ligação afetiva além do caso de amor deles, para a qual poderiam expressar tudo o que sentiam e o que estavam passando. Mas Petra estava a uma distância que os impedia de conversarem, então eles apenas se olhavam e deixavam o sentimento fluir, e se expressavam através dos carinhos, risadas, abraços e surpresas que um fazia ao outro. Sim, todo dia havia algo que, sem combinarem, proporcionavam para o outro. Surpresas como esta: a campainha do apartamento tocou e eles se olharam com desconfiança. Ele fez um sinal de que era para ela. Ao abrir a porta, havia um entregador com uma caixa linda e enorme, dentro da qual havia um longo vestido vermelho de seda.

— Guarde, você vai precisar.

Ela sorriu para ele, e, à noite, ele pediu que ela o vestisse, pois iriam sair. Na verdade, o *sair* era subir até a cobertura do apartamento, pois lá estava a surpresa. O vestido não era a surpresa, mas sim tudo o que havia naquela cobertura. Ao chegarem lá, ela estava com o vestido vermelho, e ele impecável, com seu melhor terno. Quem os via podia afirmar que os dois formavam um lindo casal. Ao som de violinos que se confundiam com o tilintar dos brindes que faziam, a noite seguiu tão leve que nem perceberam o tempo passar. Os músicos ficavam posicionados de modo que o som dos violinos chegasse até eles de uma maneira única, mas não tinham a visão dos dois, o que deixava o casal totalmente à vontade para os momentos de carinho. Sim, eles eram um pouco tímidos e ainda não tinham desenvolvido bem um modo de sentir as emoções e a troca de carinho ao estarem entre estranhos. Mas, naquele momento, como estavam, era perfeito. Os garçons chegavam, serviam e saíam sem interromper a magia que os dois estavam vivendo. Após o jantar, ele lhe ofereceu uma caixa quadrada, vermelha como o vestido; era um colar de rubis.

— Aceite, quero que esse colar seja uma lembrança para você de todos os momentos que vivemos aqui, e que, em cada dia que você olhe para ele, lembre principalmente de que eu a amo.

Não houve resposta naquele momento, pelo menos em palavras. Ela levantou-se da cadeira, ele pegou o colar e colocou no pescoço dela. Trocaram carinhos e um beijo que começava a emanar desejo nos dois. Uma brisa soprava suave o perfume da noite; a luz da cidade se confundia com as dos refletores e dos outdoors da cidade. O som dos violinos, o calor do corpo dos dois; ali o amor se fazia.

— É amor. Sempre é amor — ela disse a ele, após o momento único de expressão do mais puro amor.

Ainda emocionados, queriam dançar ao som dos violinos, e dançaram. Um misto de amor, alegria e desejo de almas se instalava naquela cobertura, que começou a ficar pequena e inadequada para o que vinha a seguir. Era hora de se retirar para o lugar em que eles pudessem mostrar um ao outro o que sentiam e o que queriam. A noite estava acontecendo, o amor estava pleno e sendo demonstrado da melhor e mais pura maneira, sem nenhum sentimento de amargura, desconfiança ou qualquer outro que não fosse a leveza do amor puro. Apesar de os dois terem vidas paralelas, esse amor era único, sem cobranças ou ciúmes. Era de uma leveza e tão verdadeiro que talvez fosse assim por causa da distância e da vida compromissada que tinham. Por que não se pode amar? Eles só se amavam e bastava!

A noite se foi, passou, mas o amor permaneceu muito mais forte e resistente ao tempo e à distância, porque agora ela tinha as palavras também dele e ele as dela. Era um acordo de almas. *Eu te amo*. Para os dois, essas palavras tinham significado, eram fortes, eternas. Mesmo que estivessem longe um do outro, o amor permanecia em suas almas nos dias que seguiram, e quando tudo em suas vidas parecia ruir, o amor deles os mantinha com o pensamento de que a vida, por mais cruel que pudesse ser, valia a pena ser vivida com amor. Um era do outro para sempre. Suas almas estavam fundidas em um só sentimento: o amor.

No outro dia, eles pegaram a estrada em um conversível, pois precisavam continuar a emanar todo o amor e a alegria que sentiam, e nada melhor que o vento fresco de uma manhã ensolarada de verão para fazer isso. O vento batia com força em seus rostos e, em alguns momentos, tocava a pele mais suavemente, fazendo-os rir. Seguiram por uma estrada tortuosa e com belas paisagens, e foram até um cais de onde uma lancha os levaria para alto-mar. Caminharam pelo píer; ela com um vestido floral, um chapéu que a protegia do sol e uma bolsa de palha com seus pertences, tudo o que era necessário para um banho de mar. Ele parecia um marinheiro, e era, pois quem iria conduzir a lancha era ele. E ao certificar-se de que, sim, era ele que conduziria a lancha...

— Você!?

— Sim, eu. Não confia em colocar sua vida em minhas mãos?

Ela ficou sem acreditar que ele seria capaz de conduzir, pois a lancha era enorme e veloz, e necessitava de certos cuidados e presteza para manejá-la com segurança e prudência. Ele ofereceu a mão a ela, sempre muito gentil, para que pudesse subir a bordo da lancha. Ela sentou-se e ficou admirando todos os procedimentos que ele realizava para colocar a lancha em alto-mar, desde a vistoria rigorosa da embarcação até a verificação da previsão do tempo e permissão. Tudo perfeitamente realizado, era hora de navegar.

Os movimentos realizados por ele a deixavam excitada. Como ele era lindo, forte, corajoso; ela o desejava diariamente. O vento estava favorável, e eles teriam um longo caminho até onde ele havia pensado em levá-la. E lá foram os dois para o mar, felizes, loucos de alegria e cheios de vontade de curtir os momentos que ainda lhes restavam. Quando a lancha atingiu o alto-mar, ele desligou o motor, lançou a âncora para que não fossem levados pela correnteza ou pelo vento, e ficaram ali praticamente à deriva. Ele abriu um champanhe e brindaram, e ela encontrou uma cesta com várias delícias que ele havia pedido para prepararem para os dois. Abriu a cesta, retirou tudo de dentro, e, como sempre, com seu toque delicado e criativo, arrumou tudo, preparando uma linda mesa para eles. Assim, em alto-mar, com o sabor do champanhe em seus lábios, eles respiraram profundamente, olharam-se, e, como sempre, ficaram ali, contidos em olhar profundo como o mar, assim como o amor que um sentia pelo outro. Ele se aproximou ainda mais e a acolheu em seus braços. Estavam seguros, só eles e o sentimento.

A EMOÇÃO AMOR

Emoção é uma palavra que sugere energia, movimento que faz mudar o que não está bom ou em desequilíbrio. Se vamos acumulando essa energia dentro de nós, podemos desenvolver doenças emocionais ou até mesmo físicas. Mas e o amor, que emoção é essa?

O amor é uma emoção da qual estamos precisados em maior ou menor quantidade, que nos faça alegre, que nos reumanize e que nos encha de esperança — isso quando falamos nos termos da emoção amor em si, mas e o amor deste casal romântico?

Que amor seria esse? Um amor que sobrevivia à distância de corpos, sem alterar um pouco sequer daquele afeto tão importante na vida dos dois? Entre mistérios e questionamentos da vida, havia a concretização do sonho, do amor. *Amor*: eles se referiam a esse sentimento com carinho, dada a importância que tinha na vida de ambos. Não era só o gostar em quantidade, mas a qualidade desse sentimento na vida incluía a paixão que sentiam, a fascinação e o desejo sexual que os mantinham assim, um para o outro. E tudo isso era tanto mental quanto expresso em atitudes; os carinhos que satisfaziam ambos, só os dois compreendiam. Os perfumes que os aproximavam e os mantinham entre beijos e carícias.

Segundo os gregos, o amor é composto por *a* (que significa não) e *mor* (que é uma contração de maior), que significa *não maior*, porque não teria algo maior que o amor. Seriam apenas formas de entendermos o amor. A conexão mais forte que duas pessoas podem compartilhar. Uma apreciação trazida da alma. Todos pensamos saber o que é o amor, apesar de implicar uma experiência muito singular sobre a qual só é possível certa compreensão à medida em que é experienciada, vivida em sua essência. Além disso, talvez, na maioria das pessoas, haverá satisfação por completo no amor quando se encontra uma pessoa que pensamos que será a que vai suprir todas as nossas carências amorosas e sexuais, levando-nos a uma vida sem angústias e frustrações. Um amor em sua maior plenitude, idealizado por nós. Na verdade, está mais ligado ao que nos falta, ao que queremos, por isso escolhemos parceiros que imaginamos que possam preencher todas as nossas lacunas emocionais e que nos levem ao gozo pleno de satisfação e leveza na vida. Impossível. Acabamos por usar do amor que sentimos para ir justamente ao encontro de uma ilusão dessa completude com o outro, pois apenas imaginamos como o outro é. O amor dos dois era algo que dignificava e por vezes constrangia, impondo a complexidade dos desejos e desconstruindo a certeza de uma vida tranquila. Vivemos nuances emocionais constantemente. São as paixões sexuais inesperadas, presentes que a vida oferece a quem está disposto a vivenciar tal emoção, o amor.

O encontro dos dois ia muito além do amor, da cumplicidade e da ternura; costumava extrapolar os limites e os fazia questionar o bom senso de si e da vida. A força, a energia que os unia, a busca pela satisfação nos espaços de encontro e desencontros dava sentido à vida dos dois, assim como também os dilacerava constantemente. A relação os fazia questionar o que era permitido e o que não era permitido na vida deles.

Havia uma constante ameaça de desinteresse que ele demonstrava a ela e a deixava insegura e confusa, pois no momento seguinte ele a queria loucamente. As tramas de amor podem se impor ao casal apaixonado, e a essas frustrações cada qual reagia a seu modo. Encontravam-se em momentos de êxtase e logo em seguida de muito sofrimento emocional; este se fazia presente sempre. A emoção amor está nas nossas vidas para curar e impedir sofrimentos, mas sabemos que não temos garantias, afinal, podemos ter a falsa impressão de um amor incondicional, porém nada é mais horrível que perdê-lo. A saída do outro de nossa vida pode causar dor extrema em nós se formos traídos, abandonados ou mesmo rejeitados em determinada situação. Aquela boa sensação de que somos o amor de alguém nos faz pensar que não estamos sozinhos na vida, e que essa está segura, em toda a sua plenitude, o que nos prende a um laço amoroso extremamente perigoso, pois ficamos à mercê de possíveis frustrações e conflitos, e sofremos. Em uma relação amorosa, gravitamos entre o amor e o ódio, podemos ganhar e perder sempre. Tratando-se de regras de convivência amorosa, o casal dessa história que conto a vocês possui vários códigos velados de convivência que asseguram maior liberdade aos dois e ampliam o leque de possibilidades de estilos de convivência. Amar e perder. Mas o desejo é sempre o de amar e de ser reconhecido pelo outro, e o que não esperamos é que seja um lugar de violência psicológica. Novos repertórios de conduta diários e modelos de convivência entre pares é o que encontramos, cada qual pensando e agindo conforme sua própria identidade, conforme sua singularidade. Liberdade e autonomia para realizações sentimentais e sexuais, modificando condutas antes reprovadas, abrindo, assim, espaços inusitados para relacionamentos. A autonomia e a liberdade, no entanto, abrem espaço para a incerteza, esta que frustra constantemente, e talvez a dependência do amor do outro, o que pode levar a um infinito investimento do casal.

Este casal vivia o mito do amor romântico, uma história de amor à vida apaixonante, sendo um constante desafio na vida dos dois, que por vezes causava espanto por mostrar o limite com que ambos seguidamente se deparavam (mas amavam o que estava acontecendo). Os conflitos e questionamentos eram frequentes e atormentavam aquelas mentes audazes. Mesmo assim, era esse amor que um sentia pelo outro e pela vida que preenchia seus dias, apesar de estarem cientes de que havia sofrimento. O amor do casal transpassava uma dimensão que cada um tinha com o mundo, consigo e com o outro, era intenso e lúdico, uma ousadia amorosa. Uma vivência reparadora e comovente de duas almas incansáveis.

Havia no casal um pouco do amor *ludus*: aquela vontade de estar junto, de se divertir, saciar, provocar. Não era um amor sério, mas com todas as nuances de amantes que se permitiam vivê-lo. Muitas vezes, sentiam e viviam todo esse contexto amoroso sem ao menos saber se era um amor maior; apenas se permitiam sentir e expressar, o que poucas pessoas conseguem. O mundo dos racionais. Sem amor, sem nada. Desenvolver um sentimento como esse e conseguir sentir toda a sua intensidade, conseguir expressá-lo todo, sentindo-o todo, poucos, raros conseguem. Sentir o amor e expressá-lo para esse casal era tão simples porque eles deixavam acontecer, sem barreiras, sem limites, e talvez por isso tudo fluía com tamanha intensidade. O que acontece nos relacionamentos amorosos não depende só de como cada um é, mas principalmente de como cada parceiro interage e se posiciona na relação. É muito difícil prever os rumos de um relacionamento, pois a sensibilidade de cada um é diferente, e mostrar as necessidades que se tem na relação é mais um fator que determina se será duradoura ou não. O apoio que um despende no outro costuma causar bem-estar no relacionamento, então, se esse apoio é demonstrado na prática, a tendência é a continuidade da relação. Pessoas que não conseguem lidar com rejeições, emoções negativas e têm dificuldade de receber críticas podem ter relações mais conturbadas ou curtas.

Os dois não tinham metas, apenas queriam viver o que sentiam e faziam por merecer. Eles mantinham um vínculo e uma autonomia, duas características que se preservavam com o passar do tempo e da distância que os separava. O que acontecia nessa relação é que ambos se sacrificavam para manter o vínculo. Talvez um autoengano. Os erros cometidos por eles eram perdoados veladamente. A comunicação, porém, era algo forte, incrível; havia muita conexão, que não precisava ser falada, era apenas sentida com toda a felicidade. Os que não encontram e não se doam ao amor, lamentam.

A lancha estava à deriva, e eles no mar profundo, sob o sol, mergulhados no oceano imenso, que era como o amor deles. Os afetos não eram contidos. O afeto incidia sobre eles, era experienciado, eles eram tocados pelo amor, um percebia o outro no íntimo. O lugar que o casal escolhia para seus encontros fazia-os sentir que, ali, a brisa que trazia o sol e o perfume do mar reforçavam o afeto tão puro e intenso. O mar, em sua grandeza, aproximava-os mais ainda, e quando olhavam ao redor, perdidos na imensidão, a proximidade dos corpos se fazia presente. Um queria o outro como uma forma de proteção, de estar um para o outro, seguro.

O mar estava propício para banho, calmo, límpido, e a água refletia o calor do amor. Tal energia era sentida na pele, e, aos poucos, eles ficavam retidos à energia, até a exaustão. Voltaram à lancha, pois era preciso mais uma refeição após os momentos de amor; não havia muito alimento, então resolveram voltar para terra firme. Ao chegar no píer, pegaram seus pertences e se dirigiram até o carro, e, como estavam cansados, foram diretamente para o apartamento descansar. Após o banho, foram se deitar; era preciso algumas horas de sono para se recuperar de toda a aventura que tinham vivido.

A cama trazia consigo histórias que aqui não cabem, apenas alguns trechos. Aquele era o lugar preferido deles no apartamento. Ele a segurou firme em seus braços, como quem não quer mais largar, e ela ficou aflita com tamanha força. Levou-a até a cama, deitou-se sobre ela, beijou todo o corpo que ele admirava e amava; aquele corpo, para ele, tinha um aroma de flores que anunciam a primavera. Logo, virou para o lado e adormeceram. Dormiram um sono reparador, pois o amor cansa, enfraquece; os corpos chegam a ficar exauridos, sem forças para seguir. Após algumas horas saíram para jantar, afinal, também era preciso alimentar o corpo, agora que a alma estava saciada, e foram a um restaurante.

Chicago possui uma vasta oferta de excelentes restaurantes, e eles, por conta do dia maravilhoso, queriam algo especial para fechar a noite, então escolheram um lugar sensacional, descontraído, todo decorado com madeira clara, de mesas compartilhadas, bem diferente do que estavam acostumados. As refeições que tinham sido feitas até o momento foram apenas entre os dois, então aceitaram a proposta de se sentarem com outras pessoas. O desafio estava lançado: dividir a mesa com pessoas com quem nunca haviam conversado. Era um pouco familiar demais, e eles deveriam desenvolver conversas triviais, mas com assuntos importantes, o que era desafiador. A intimidade daria lugar também ao estranhamento, mas era preciso aprender a conviver com as diferenças.

Em dado momento, alguém da mesa comentou que aquilo parecia ser uma imagem da Idade Média, e, entre sorrisos, disse, mostrando com delicadeza uma faca, que ela era um instrumento de caça da cultura dos povos bárbaros, e que ali passava a ser extremamente necessária, para ser usada com elegância e sem qualquer agressividade por todos eles, apenas para auxiliar a comida a "subir" no garfo. Todos riram do comentário.

Algo havia chamado a atenção dos dois, que, mais tarde, na volta para casa, comentaram entre si: a dificuldade que algumas pessoas norte-americanas têm de olhar no olho de outra pessoa. Conversavam como se falassem para almas que circundam a mesa de jantar. De todo modo, a experiência que haviam superado se tornou um momento propício para a afetividade novamente, e eles estavam amando os dias em que o afeto os envolvia; a percepção da realidade estava sendo sentida de um modo único.

Na manhã seguinte, ela saiu cedo para fazer compras, e ele ficou com toda a atenção voltada aos negócios, entre ligações, ordens e desordens do mundo do trabalho. Ela aproveitou para ir à North Michigan Avenue, onde encontraria tudo o que uma mulher elegante necessitava. Poderia ter solicitado que trouxessem até o apartamento, mas desejava sair, passear e olhar pessoalmente, e isso era algo que ela não deixaria passar. Apreciar, caminhar, admirar a beleza da arquitetura que possuía uma diversidade de estilos e as pontes móveis; ela se divertia ao ver. Conhecer o centro de Chicago era incrível para ela, podia ver como viviam e interagiam os nativos. A cidade era plana e extremamente segura, o que a deixava tranquila para apreciar todo o planejamento urbano, que é considerado um dos mais modernos e funcionais do mundo. As ruas, especialmente a avenida, eram muito bem cuidadas, o que mostrava o carinho das pessoas que moravam naquele local e o quanto gostavam de ter nascido ali, de morar e de estar em Chicago.

Ao retornar, passou por uma daquelas lojas de especiarias e encontrou tudo o que necessitava para um jantar especial à moda Croata. Como ele era natural da Croácia, ela tinha um carinho especial por tudo o que era dali. Considerava um dos lugares mais lindos do mundo, não apenas porque era o país dele, mas porque realmente havia lugares, praias e cidades medievais ornamentadas com lindas muralhas e museus incríveis. O lugar mostrava a ela que tons de verde e azul eram inesperados aos seus olhos, sem falar dos festivais de música. E quando estava na Croácia, na companhia dele, a comida, principalmente os pratos que continham a célebre trufa, eram exaltados por ele, não importava o dia. E o café da manhã era um cenário sempre marcante. Os aromas dos cafés ela mantinha em seu olfato, e por vezes os trazia à lembrança, quando sentia falta do amor de sua vida.

Certo dia, quando estavam na Croácia, ele fez um convite inesperado a ela.

— Você gostaria de ver como é encontrada e colhida uma trufa?

— Evidentemente, mas você acredita que seja seguro acompanhar os coletores?

— Conheço pessoas de confiança que costumam levar turistas floresta adentro, que queiram ver de perto como é encontrada a trufa.

— Se for seguro para nós, é claro que gostaria de conhecer.

Era a época certa para os cães farejadores. Na cidadezinha que ele escolheu para tal aventura, havia um grupo de caçadores de trufas — na verdade, uma alcateia que os levaria até elas. Os homens apenas acompanhavam seus treinados cães até o lugar em que estavam as trufas, embaixo das raízes de carvalhos. Ela admirava os carvalhos. Era a segunda árvore, depois das oliveiras, que ela reverenciava.

Os cães eram os responsáveis pela procura dos fungos mais saborosos e caros do mundo. O local se chamava Ístria, e ali eram produzidos os melhores azeites e vinhos de toda a Croácia; ele tinha certeza, pois os sabores eram inconfundíveis. Voltando à imersão na floresta úmida de carvalhos e àquela matilha de cães que ela acreditava serem ferozes, mas que na verdade não eram. Eles eram apenas treinados para latir muito quando sentiam o cheiro das trufas em seus faros, e mostravam o caminho aos homens, que rapidamente escavavam debaixo das raízes dos carvalhos. Os homens retiravam sorridentes as enormes trufas, e ela, naquele dia, queria ficar apenas com a lembrança do aroma que continha os pratos das refeições que levam como ingredientes principais as tão famosas trufas.

Aquele dia de caça foi uma aventura sem precedentes. A lembrança desse momento único que viveu na Croácia foi um flash de memória que teve ao ver, na loja de especiarias, as trufas, que depois adquiriu e preparou com uma receita que encontrou em aplicativos que ensinam como preparar alimentos exóticos.

Eis que ela estava com o carro abarrotado de compras, e de trufas, que deveria preparar para o jantar dos dois. E lá foi ela de volta ao apartamento em pleno centro de Chicago. Pensou que ainda queria conhecer o Lago Michigan, de barco, é claro. Ao chegar, organizou tudo e foi para a cozinha, pois seria um dia agitado para os dois, mas eles estavam felizes, o que tornava cada momento especial. O jantar não foi daqueles mais saborosos até então, mas o que marcou a noite foi o vinho que ela escolheu para acompanhar as trufas. Por sorte, sem saber, ela salvou o jantar.

Ele se encarregava dos carinhos e das conversas superagradáveis aos ouvidos dela, carregadas de humor e conhecimentos, como sempre. Assim eram as suas conversas; um aprendia muito com o outro.

Ao amanhecer, após fazerem amor, ela expressou sua vontade de conhecer o lago, e ele prontamente providenciou, dentre seus contatos e amigos, uma maneira especial de levá-la até lá. Como ele era uma pessoa influente, pois tinha um escritório em Chicago, tudo se tornava mais fácil. O passeio de barco superou as expectativas do casal: o lago realmente era espetacular, possuía uma dimensão enorme e diversas praias, apesar de ser um lago, e eles puderam ver as ilhas dinamarquesas que circundam o lago. Algumas ilhas eram tão tranquilas que pareciam andar lentamente, e as praias eram famosas pela sua beleza, areia branca e altas dunas, algumas cobertas por uma vegetação rasteira e água surpreendentemente límpida.

Duas coisas de Chicago das quais ele gostava eram a Rota 66, conhecida como a mãe das estradas norte-americanas, pois ele amava andar de moto e nunca havia tido tempo e organização suficiente na sua enorme agenda para planejar uma viagem naquela estrada. Apenas tinha em seu pensamento que, sim, um dia ele faria esse trajeto, talvez com seus amigos aventureiros. Isso se ele conseguisse se recuperar totalmente do acidente de moto que havia sofrido. Outro fato que ele achava incrível era a história de Al Capone, que contrabandeava bebida alcoólica durante toda a Lei Seca dos Estados Unidos. Isso era um pouco do que ele conhecia da história daquele local, pois o trabalho sempre teve um lugar especial em sua vida, então não havia tempo para conhecer mais Chicago, mas, ali com ela, ele estava desfrutando de todo o contexto.

O passeio de barco, mais um dia que havia passado. Eles não queriam que o dia de partida chegasse, mas já estava bem próximo. Ela já estava pensando que ele faria outra surpresa, como aquela, de marcar a despedida e não comparecer, assim como foi na Croácia, quando fizeram o passeio no cruzeiro. Ele não era dado a despedidas, ela tinha conhecimento disso, e ele não compreendia como ela conseguia compreendê-lo. Ele próprio se achava uma confusão completa e, sim, ele era, aos olhos da família, dos amigos e dos colaboradores da empresa. O que o salvava eram os negócios; ele havia prosperado, e muito.

Certo dia, ele resolveu fazer um mapa astral, porque acreditava que assim se conheceria mais, e conheceu e se surpreendeu com o que ouviu dos astros. Ele era superficial, mas muito comunicativo e dotado de uma inteligência satisfatória. Sua curiosidade irritava algumas pessoas. Gostava de saber de tudo, mas a única coisa que gostava de saber profundamente era sobre seu trabalho. Ele era versátil e desejava variedade. Talvez por isso mantinha a esposa, a amante e ela. E quem mais gostasse de um bom sexo. Ele gostava muito de ver os dois lados de uma mesma situação, e seus interesses variavam numa velocidade assustadora, até mesmo meio frenética, pois conseguia com facilidade alternar atividades mentais quase simultaneamente. Seu cérebro borbulhava, nada de ócio. O modo como ele pensava e se autoprogramava e se abastecia de argumentos fazia com que facilmente transformasse tudo em realidade nua e crua. Apesar de manter várias mulheres, ele amava cada uma delas de uma maneira igual, era ameno, suave, raramente sentia ciúmes, e tudo para ele era agradável, mas não gostava nem um pouco de ser cobrado e de se sentir preso em uma relação; não era seu estilo. Conversar com pessoas que nunca viu antes era algo instigador para ele. Se houvesse pessoas e tempo para ficarem em qualquer lugar, conversando sobre quaisquer assuntos, ele estaria satisfeito. Flertar, então, era sua principal e favorita atividade além do trabalho. A mola propulsora dele quando o assunto era relacionamentos era o humor, e um dos motivos dos dois estarem juntos era por serem bem-humorados, por terem conversas descontraídas e despreocupadas. Eles se divertiam muito quando tiravam tempo para conversar. Geralmente, depois de fazerem amor, ficavam horas conversando sobre assuntos agradáveis.

O fim estava próximo. Naqueles últimos dias, o que mais poderiam fazer se não amor e mais amor, até cansarem um do outro? Foi exaustiva a despedida, mas, dessa vez, para ele, no dia da partida, como fazem os amantes, ela resolveu ir mais cedo ao aeroporto. Sorrateiramente, saiu da cama, sem olhá-lo, pois, se olhasse, seria tarde demais e cairia em tentação. Pegou suas coisas e partiu. Não esperou o adeus dele, nem ofereceu um momento sequer para que se despedisse dela.

Considerou as últimas despedidas deles e assim o fez. Forte decisão, mas era preciso.

No caminho até o aeroporto, ela permanecia com as emoções em ordem, e durante a viagem de volta de mais de vinte horas até a Noruega, ela se manteve serena. Ao chegar em sua mansão, o trabalho estava à sua espera e ela não perderia mais tempo; todas as experiências que teve com ele a fizeram se tornar uma mulher incrivelmente resiliente. Tomou posse do que era seu: o trabalho.

Por dias, ela ficou tão envolvida com diversas atividades, reuniões, viagens, que nem percebia os dias passarem. Não havia mais sinais dele e nem havia conversado com ele, nem por telefone, nem pelas redes sociais, nada. Como se ele não existisse. Ela se sentia bem, retomou suas coisas, seus amigos, saíam para beber e dançar depois do trabalho, e nos finais de semana sempre aparecia um evento que a fazia correr para o salão ou mesmo passar horas escolhendo uma roupa para usar.

Algo interessante: ela estava mais disposta a ter amigos. Antes, era um fardo sem tamanho ter que conviver com pessoas. Ela estava conseguindo admitir que havia pessoas mais e menos inteligentes, com mais ou menos conteúdo para conversas, e assim pôde obter e retomar novas e velhas amizades. Amigos são essenciais; costuma-se dizer que a amizade é certa proteção, uma rede de afeto para o enfrentamento aos dissabores da vida. Os afetos de amizade geralmente são despretensiosos, sem julgamentos, estão ao seu lado mesmo sabendo que você errou, mesmo quando tentou alertar sobre o erro. E não ter amigos com quem contar pode ser considerado perigoso ou até mesmo doentio. E, para ela, estar entre amigos naquele momento de sua vida era essencial. Os amigos vieram no momento em que ela ainda não estava preparada para lembrar dos dias na cidade de Chicago. Fazia um esforço enorme para não pensar, mas quem disse que isso seria possível?

Um dia ela estava na piscina de sua casa, bebendo um drinque, quando sentiu o sol bater forte em sua pele, o que a fez tremer. Sentiu como se fosse ele segurando firme em seus braços. E foi só. Envolveu-se com o sabor daquela bebida e foi nadar. Mas os dias passaram, ela se sentia feliz pelo fato de não sofrer, pelo fato de estar a uma distância considerável dele e estar bem. Nem os pensamentos, nem as lembranças. Nada. Até que o telefone tocou. Ela pensou ser ele, mas não era.

Ele estava mergulhado em seu trabalho, tendo muitas ideias, articulando e colocando em prática tudo, a uma velocidade estonteante; sua energia para trabalhar era incrível. Seria felicidade? Talvez. Ou, então, uma maneira de esquecer que havia sido deixado em uma cama no seu apartamento em Chicago. Aquilo tinha sido cruel da parte dela. Ele se questionava sobre o porquê de ela ter feito aquilo. Qual seria a necessidade dela? Teria ele falado ou feito algo de seu desagrado, seria proposital? Ele não encontrava uma resposta para tal atitude, por mais que pensasse. Teve vontade de ligar para ela, mas não o fez. Em vez disso, voltou ao trabalho.

Em casa, no relacionamento com sua legítima esposa, tinha algumas dificuldades. Ela mantinha um relacionamento genuíno com sua família e isso o deixava irritado, pois ele não era muito dado com a mãe da esposa. Considerava-a uma mulher amarga e orgulhosa. Assim, evitava ao máximo estar presente nos lugares em que sabia que iria encontrá-la. Num domingo, em um dos almoços, que sua sogra tinha o maior prazer de oferecer na casa de campo, eles foram convidados, ou melhor, intimados a ir. Lá, ao chegarem, sua esposa foi logo avisando que a mãe não estava totalmente bem de suas faculdades mentais; ela havia sugerido, na verdade, para que a perdoasse caso dissesse palavras desagradáveis. Ele sabia. Ele deveria suportá-la; de mau humor, seja de quem fosse, ele queria distância. Mas o dia transcorreu com tranquilidade: seu cunhado estava bêbado, ele e o sogro também, e tudo bem, o que rendeu muita conversa jogada fora e muitas risadas, fazendo assim o dia passar.

Ao sair da casa de campo, o momento em que teve que olhar para aquela mulher, com aquele olhar julgador, foi o pior momento do dia, ou quem sabe da sua vida. Aquela mulher lhe transmitia um ódio mortífero. Teria ela, com sua total esperteza de mulher sábia, descoberto ou sabido de suas aventuras amorosas e mostrado para ele, com seu olhar, que ela sabia quem ele era? Provavelmente. Ela era velha e sábia. Por vezes, pensava o mesmo de seu sogro. Um dia ele seria assim? Sábio e azedo? Ele esperava que não. Sua esposa estava alegre e linda naquele dia, assim como nos outros; seu sorriso e delicadeza iluminavam seus dias. Ela lidava com as coisas de uma maneira tão inteligente e leve, cuidava da casa e das crianças com amor e dedicação, além de sua vida profissional. Ela estava à frente dos negócios do pai, assim como o irmão mais velho. Ele admirava e amava a esposa e dizia isso aos seus amigos e a quem ouvisse. Foi então que resolveu buscar ajuda.

Certo dia, ele foi a um terapeuta. Queria mudar sua vida por causa de sua esposa, pois não achava correto manter amantes sendo que a amava. Mas nunca conseguiu. Os afetos. Como lidar? Ele se perguntava, mas nunca encontrava a resposta porque o desejo dele sobrepunha a razão quando se tratava de sentimentos. Para muitos, no dia a dia, mesmo sem perceber, estamos entre a razão e a emoção. Em certos momentos, tomamos decisões baseadas em emoção, e, em outros, na razão. Acreditamos. Para ele, equilibrar os dois lados não era tarefa fácil. No trabalho, sim, era pura razão, mas no amor ele conseguia só analisar a consequência do prazer, por isso agia somente na emoção. Era o prazer que ele queria, e por que não? Quando parava para pensar, já era tarde, já havia convidado alguém para sair e fazer sexo. E muitas vezes nem se dava conta de seus atos, apenas saía, fazia sexo, voltava, e tudo bem, sem consequências desastrosas. Era isto: satisfazer seus instintos sexuais, nada de pensar em equilibrar o que o tornaria um homem honrado ou mesmo mais resolvido e conhecedor de si mesmo.

Num sábado à tarde, ele estava com sua moto e foi até uma cidade que ficava a uma certa distância. Após levar uma mulher para o motel, voltando para casa, sofreu um acidente que o deixou no hospital e com sério risco de ficar paralítico. O que não aconteceu, mas algumas sequelas ficaram e o fazem lembrar daquele dia. Quando ele olhava para o espelho ou para as fotos do acidente, pensava que tudo poderia ter sido evitado se ele não bebesse tanto e não dirigisse embriagado à noite após ter traído a mulher e suas amantes. Sim, ele sempre traía a si mesmo.

Naquele momento, ele pôde perceber que havia um limite e que não o estava levando em consideração. Então, a partir do acidente, ficou sozinho por uns dias apenas, e logo decidiu que teria apenas uma amante. E seria aquela que, em seu trabalho, ajudava-o com todas as informações das quais ele necessitava para seguir com seus planos de expansão. E assim, um tempo após o acidente, eles se mudaram em definitivo para a cidade em que sua esposa mantinha a empresa da família dela. Esse acidente foi um marco na vida dele. A Rota 66 não seria mais realizada de moto, mas de carro, e com a família, a mulher e suas filhas. A vida, como diria sua amiga de trabalho, estava mostrando a ele seus limites, o que, até então, para ele, era impensável. Ele podia tudo. Ele teria que aprender sobre limites, assim como uma criança em desenvolvimento; se isso era possível, ninguém saberia, muito menos ele. Mas, com o passar do tempo, ele estava, aos poucos, descobrindo uma nova vida; uma vida mais calma, sem tantos arroubos, sem tantas mulheres, apenas com o pensamento no trabalho e na família.

Suas duas filhas estavam exigindo muito dele, financeira e emocionalmente; elas queriam a proximidade dele nas festas, na escola, nas apresentações, e ele estava dando a si mesmo e a ela esses momentos de amor paternal. Até conseguiu reunir seus dois irmãos para um almoço de dia dos pais. Seu pai era alcoólatra, e a saúde dele merecia cuidados. Ele agora olhava para essa vida diferentemente da época em que não prestava muita atenção aos afetos familiares.

O afeto familiar é o formador de vínculos conjugais. Ele chegou a ler a respeito e se deu conta dos afetos de sua infância. Seu pai era alcoólatra e adepto a prostitutas, sua mãe era submissa e sustentava os três filhos com seu emprego de faxineira. Ele realmente não era alguém que possuía vínculos familiares de base forte para ter uma formação psíquica adequada. Mas sabia que esse fator apenas não o fazia ser quem ele era; deveria haver mais questões intrínsecas ao fato de ser tão carente. Suas relações na infância foram permeadas por insatisfações, solidão, tristeza e angústia. Ele lembra que não sentia que tinha uma atenção genuína por parte da família; ele apenas estava entre eles, mas sem ser visto. Naquele momento de sua vida, perguntava-se o porquê de estar se preocupando e sentindo isso. Foi depois da viagem. Ele sentiu que lá foi totalmente visto por ela? Ele novamente ficava sem respostas ao que sentia, e, sendo curioso como era, as respostas deveriam aparecer; ele precisava saber. Começaria então uma busca desenfreada pelo conhecimento do seu próprio eu. Ele queria se entender. E foi o que fez.

Iniciava-se assim uma busca insistente pelo autoconhecimento. Entre livros sobre comportamento humano, terapia e inquietude do seu ser, ele compreendia a si mesmo. Sempre soube que tinha uma personalidade que chamavam de forte, mas ele ria e não prestava muita atenção nisso, para ele era algo banal. Mas depois de conhecê-la e depois de uma certa maturidade, ele já não era mais um menino, e não estava mais preocupado com outras questões; resolveu conhecer-se. Desejava manter a terapia, dessa vez por um longo tempo. Ele se adaptou tanto ao autoconhecimento e à lida com seus sentimentos que certamente não abandonaria a terapia como tinha feito da primeira vez que buscou ajuda. Na primeira tentativa de melhorar sua personalidade, tentou, e se envolveu com a terapeuta, tamanha era a projeção de seus sentimentos. A terapeuta prontamente interrompeu o tratamento. Mas após estar relativamente consciente de si, ele começou a melhorar. Quando observava mulheres lindas, ele havia aprendido algumas estratégias de como sentir e lidar com seus sentimentos sem necessariamente se colocar em situações constrangedoras.

O tempo passou, ficaram as lembranças. Os dois podiam acessar livremente suas memórias e sentir tudo aquilo que os deixava felizes, os momentos que viveram um para o outro. Sentimentos como saudade, tristeza e por vezes angústia permeavam suas mentes, por causa da distância. Não conseguiam nem ao menos se ver. Havia sinais que ela não esquecia, como os telefones tocando ao redor, as pessoas atendendo e não dizendo nada, ou que era engano; ela sabia que era ele que lembrava dela. Havia outros sinais também, mas que foram cessando, até que um dia terminaram definitivamente.

Ela tentava sentir, mas não havia nada ao seu redor. Ela sentia tristeza quando buscava pelos sinais que ele enviava e não encontrava nada. Ficava um vazio, a ferida se abria e ela precisava curar-se sozinha. Era muito difícil, sentia-se solitária, perdida no mundo, apesar de ter desenvolvido estratégias para ocupar o tempo em que a saudade chegava com toda a sua dor. Sua agenda estava sempre repleta de compromissos, e era o que bastava para ela. Também não era mais uma jovem, e costumava dizer "o sol está se pondo para mim" como forma de aceitar sua maturidade. A saudade a fazia ir para a varanda de casa olhar para o céu azul, buscar o perfume das flores e o som dos pássaros. Observava toda a natureza exuberante à sua volta, e essa era a alegria de que ela precisava, então se recompunha, e assim transformava a saudade dolorida em sensações agradáveis. Ou, então, em dias de nevasca em que o branco tomava conta de quase metade do ano, ela saía à procura de diversão. Os noruegueses, mesmo em um frio intenso, não deixavam de aproveitar os finais de semana para sair, conhecer lugares, passear, ir à praia e até mesmo tomar banho no mar gelado. Eles se divertiam em qualquer tempo. Mas havia também as pessoas que se deprimiam profundamente com tanto frio, havia lugares em que as pessoas passavam e deixavam bilhetes com frases motivacionais para os deprimidos. Assim era a cidade em que ela havia nascido e escolhido para viver seus dias.

O que mais mexia com o sentimento dela era como ele havia preparado a saída de sua vida. Foi tudo tão calmo que ela nem percebeu. Somente após alguns dias se deu conta de que ele havia se mudado, não morava mais na mesma cidade que ela, havia saído do país, mas só depois de tê-la deixado com muito trabalho, envolvida em projetos. Por que ele faria isso? Para não a fazer sofrer. Ele agia, ela escrevia. Inúmeras cartas, desabafos — escrita terapêutica, segundo a terapeuta dela. Ela seguia à risca as sugestões recebidas na terapia, e pôde com isso resistir e suportar a falta dele. Começou a escrever diários, ou cartas endereçadas a ela mesma ou aos seus sentimentos. De qualquer modo, seja lá o motivo das escritas diárias, ela o fez. Ninguém leria mesmo. Achou melhor escrever o que pensava. Tudo, sem se preocupar com erros ou devidas colocações de palavras, ou questões de grafia. Ela só despejou seu mais puro sentimento e pensamento no papel.

Na terapia, ela aprendeu a reconhecer os sentimentos e a lidar com eles, a lidar com suas próprias emoções. Antes da terapia, ela apenas as sentia. Agora mais consciente destas, passou a encontrar estratégias para lidar com elas, agindo conforme seus valores e resolvendo seus problemas sem inibir seus mais íntimos sentimentos, tendo mais contato com as próprias emoções e se tornando mais autêntica e autônoma.

Numa manhã qualquer, ela não sabia exatamente o que a acordara, pensava que fosse um sinal dele; apenas o som a fez estremecer. Sentou-se em sua cama, nas entranhas daquela mansão, e esfregou os olhos. Procurava ouvir os sinais dele, mas nada. Não havia nenhum som, nenhum sinal.

Esses momentos faziam parte de alguns de seus dias tristes, além dos sonhos que tinha com ele. Ela já havia se conformado que poderia ficar sem ele. Enquanto ele mantinha a amante, nunca ligaria para ela. Ela acreditava merecer tamanha punição por estar se envolvendo com um homem que era casado e pai de duas filhas.

— Eu sou culpada por estar sentindo isso! — falou em voz alta.

Odiava o fato de falar sozinha, mas era assim que sobrevivia, além das cartas que escrevia a si mesma para ler depois. Costumava travar várias conversas internas, fechava os olhos e o via do outro lado da cidade, com a amante na mesma cama em que fizeram amor. A conversa era sempre um questionamento: *por que se envolver com ele?* E o pior: ele havia dito isso a ela! Aqueles verdes olhos agora estavam em lágrimas, expressavam sua tristeza e inquietação. O restante de seus dias era de feições inexpressivas. Ela o conhecia o suficiente para não confiar nele, mas havia se dado a ele integralmente.

Tudo começava a fazer sentido para ela. Naquele momento percebeu a verdade, quem ele era, o que sentia por ela, o que era capaz de fazer. Começou a sentir um pavor. No entanto, ela gostaria de ter forças para agir e mostrar a ele que estava cometendo erros, mas não o fez.

Ela imaginava como estaria a expressão dele quando se encontrassem, como poderia fazê-la rir ou até mesmo chorar. Como ele iria cumprimentá-la, com seu jeito engraçado, mas firme; como seria seu olhar, o olhar que abria um buraco em sua alma cada vez que ele olhava para ela.

Ele, em outro momento de sua vida, que começou depois de conhecê-la, estava disposto a mudar e queria mostrar isso a ela; seria uma pessoa melhor, tentaria. Ele não poderia suportar o fato de que, quem quer que fosse, pensasse coisas ruins dele. Além disso, ele queria ajudá-la. Não sabia exatamente o que estava acontecendo com ela, mas ela estava mudada, algo havia lhe deixado em pedaços, com uma expressão muito preocupada. Se pudesse vê-la naquele instante, ele não iria questioná-la. Isso nunca daria certo. Eles sabiam, mas nunca seria permitido aos dois pensarem assim.

— Preciso cuidar de mim. Estou acabada. Estou sendo apenas um corpo, e não uma mente.

Assim, ela voltou a colocar no papel seus pensamentos, o que a ajudava, e muito.

CARTAS

— Você é feliz fazendo isso? — ela lembrou que um dia ele lhe disse.

— Ah, é bom…

— Isso machuca!

Ele se mexia na poltrona, como um menino querendo brincar após uma aula, com seu sorriso louco de desejo, ardil, querendo dizer: *Eu quero você!*

Respondeu a ele, referindo-se às provocações diárias com ela. Palavras e gestos nos remetem a um caminho sem volta, é fato, e isso foi aceito, é memória agora, e relembrar machuca porque não se pode viver novamente toda aquela paixão. Mas é preciso separar isso do que dói emocionalmente e do que é puro amor ao outro. A explicação é perda de tempo, porque não temos uma medida. Quando ela o descrevia, via também um homem sério, preocupado, cuidadoso, amoroso e encantador.

Ele a sentia sempre, todos os dias, a não ser quando estava com a amante, e, nesses dias, ele fazia força para não lembrar. Pessoas como ele são movidas a adrenalina, enquanto pessoas como ela, a ocitocina, serotonina e dopamina, hormônios do amor que fazem parte de um grupo de "neurotransmissores da felicidade" que faziam o casal se sentir pleno.

Mas era hora de escrever, hora de reescrever a vida, assim como aquele dia em que ela decidiu beijá-lo. É agora ou nunca. E então sentiu uma enorme vontade de escrever.

Ele estava paralisado naquele dia, controlou-se o quanto pôde, até que retribuiu o beijo, meio sem jeito. Um beijo entre dois adolescentes, pois as emoções eram as mesmas destes. Um turbilhão delas, que os fez despertar para a vida. A partir de então, tudo se modificou, inclusive a forma como pensavam e encaravam os desafios diários de viver. Com mais alegria. Mas reescrever a vida passa a ter outra conotação: sentir saudade e sofrer. Esse é um sinal de que ela está sofrendo muito mais que ele, de que a distância não se referia a dor para ele.

— Ai, que vontade de ligar para ele, de ouvir sua voz e sua respiração que comunicavam o quanto gostava de mim.

Ele disse a ela:

— Agora não quero mais me envolver com outras mulheres.

Ela não acreditou, é claro, pois sabia que o mantinha.

Ela ouvia nos corredores de seu escritório cumprimentos de bom-dia, e a voz parecia a dele. Mas não era. Alucinação. O telefone toca na sala ao lado, deve ser ele. Não era. Um carro à espreita quando ela saía do prédio, só pode ser ele. Não era. Alguém brincando com os sentimentos dela? Pior. Ele havia passado os sinais para seus amigos, que passaram a se divertir com ela. Era tarde. Ela havia perdido tudo. A sua essência. Pessoas se divertiam com ela sem o menor escrúpulo, e, quando ela se deu conta, já era tarde. Havia perdido a paz.

— O que faço aqui? Estou perdida.

— O que vivemos já não é mais significante? O que mais quero da vida?

Escrever era preciso. Elaborar tudo e aos poucos ir ressignificando cada momento.

— Ah, ficou brava?

— Você nunca me viu brava!

— Eu imagino.

Abraça, acalma, beija, aperta, como se dissesse: *Você é minha. Perdão.*

Ela imaginava que ele não queria a magoar nem machucar, mas agora era tarde, não adiantava mais evitar o que pode ser vivido e sentido. É o que movia os dois. A paixão.

— Você me assusta com essa falta de respostas.

Será que ele recebeu as mensagens? Problemas no telefone? Mas como? Será que ele quer que eu ligue?

Louca! Nada disso é verdade!

O brilho da unha recém-feita a fazia querer escrever. Talvez o brilho remetesse à felicidade, alegria, inspiração. Mais uma vez, a tristeza. A pior. Agora era hora de escrever. Por que a pior? Porque ela sentia algo, nada mais dava certo, tudo era inadequado. Ele não atendia o telefone, ela insistia, pois havia aceitado o convite de ir até a casa dele novamente. Havia uma exposição de si mesma ao ir ao encontro dele. Mas foi o dia em que ficou mais tempo na mansão, ou melhor, no quarto, ou na cama, com ele dentro dela. Ela o viu mais feliz, seu sorriso irradiava alegria e felicidade naquele dia. Como ele estava lindo, nu ali com ela.

Você e eu ficamos mal, diário! Fiquei dias sem escrever. Não sei por quê. Não foi necessário, pois agora tenho mais tempo para a lembrança de todos os detalhes daquele último encontro e escrevo.

Ela sentiu vontade, mas muita vontade de ligar para ele, mas como conversaram na última ligação que ela fez, era ele que ligaria agora. Mas ele não ligava. Isso a deixava muito irritada. Seria o fim de tudo? Seria a hora de recomeçar com outra pessoa que preenchesse os seus dias? Sim, ela tinha vontade, mas deveria esperar um pouco, só mais um pouco. Quem sabe, talvez ele estivesse de férias.

E naquele instante o telefone da sala ao lado tocava. Ela sentia que era ele, mas como ter certeza?

Incômodo. E também sentia que era desejada, amada. Mas entendia que os encontros não deveriam acontecer. Eles se desejavam. Então, por que ele não liga diretamente? Saudade que machuca. Ela só queria fazer amor com ele, ele desejava isso mais que tudo. Onde ele está, e com quem?

As emoções voltaram a perturbá-la. Aquela voz, o que quis dizer? Aquele olhar, o que tem naquele olhar? O que quer, o que busca? Sentia-se como se nele houvesse tristeza profunda, ou talvez fosse indecifrável.

Nos momentos seguintes trocavam expectativas, medos, desejos, e muita, mas muita paixão mesmo. E agora? Será que realmente ele virá? Sim, ela tinha certeza de que cumpriria o prometido, agora era a vez de ele ir até ela. Seria uma insanidade vê-lo diante de si, poder tocá-lo, ouvir novamente a sua voz, ver o seu olhar, sentir o abraço firme e delicioso.

É chegada a hora. Naquela noite, certamente ela não iria dormir. Vai sonhar, vai querer que as horas passem rápido, para depois, sim, tê-lo em seus braços novamente para si, só para si. Na manhã seguinte, acordou e sentiu que era hora de ir até ele. E foi. Chegando lá, ninguém passava na rua, tudo era silêncio, ninguém amava, só eles. Os dois ali, insanos, cometendo todo tipo de loucura que convinha a um casal apaixonado. E, nas férias, ele tinha um plano: queria ir aonde ela estivesse, sem culpa ou cobrança. Ele estaria fora de si por permitir essa paixão? Era só isso que ele queria, que seu nome fosse preservado. Mas naquele dia tudo parou, tudo ficou melancólico, tudo morreu. Como vai ser? Como fazer o outro feliz se a segunda parte não pode e não quer? Deixe ir.

• ✧ • ✧ •

Estou aqui pensando no quanto eu e você temos em comum. Será que você é realmente o que todos falam? Um homem que namora todas as mulheres, independentemente da condição delas? E, ainda, todos ficam sabendo. Por que você conta tudo? Se for realmente isso, diga-me o que estou fazendo? Será que é isso que me atrai em você? Essa sua capacidade de enganar, pois eu sou dada a enganos? Você parece ser alguém carente, solitário, mas se mostra de um jeito diferente, cheio de alegria, bem resolvido, cheio de amigos, por isso esse desejo de saber também: o que você quer de mim? Enlouquecer-me e me divertir. Quem era o amigo que estava com você naquele carro cinza em frente à minha casa naquele sábado chuvoso? O que vamos fazer? O que sentimos nesse tempo todo em que estamos separados? Você pensa em mim? Para essa pergunta, eu tenho a resposta. Eu sei com certeza que sim. Onde, como, por quê, com quem; quanta insegurança, quanta vontade de estar contigo, juntinho a ti. As ligações? Como você sabe onde estou? Como faz isso? Loucura sua e minha de acreditar, mas é verdade! O que busca em mim? Diversão, é claro! Estou delirando, vejo você em lugares. No domingo, você estava de bicicleta, enquanto eu caminhava... era você? A maneira que se comunica comigo mexe, perturba, mas é lindo! Não sei o que faço, mas sei o que sinto, e é muito forte. Sim, eu sei, você é parte faltante em mim, e eu, a sua. Mas vejo que está ficando cada vez mais perigoso. Porque está claro que você sabe o que quer, e lida com isso muito bem, mas eu não. Será que corro riscos? Então quero lhe falar uma coisa: você não vai me enlouquecer!

Sinto-me sozinha para resolver.

Calo-me.

Gostaria de viver sozinha.

De revelar algumas coisas.

Às vezes não me importo em clarificar, trazer essa relação à tona, pois a forma com que conduzo tudo isso está sendo agora tão normal. Espanto-me de minhas próprias atitudes, da lucidez e do crescimento emocional, apesar de sentir a loucura beirando meus dias. Antes, era uma mulher que apenas tinha seu trabalho e um namorado, sem muitas perspectivas, e agora me sinto tão capaz que não há mais espaços para loucura ou esmorecimento, apenas lucidez. Tudo está tão claro, tão transparente, que me espanto com minhas próprias atitudes. Não sinto mais medo ou tristeza, mas, sim, alegria. As coisas da vida tomaram um certo grau de resolução. É espantoso! É muito bom viver e sentir tudo isso!

Você demorou a dar notícias, mas deu, e eu amei, pois não estava gostando de ser menosprezada. Gostei muito da maneira que agi, pois a semana toda eu demonstrava o meu querer e nada de resposta. Gostei muito disso em mim, penso em me retribuir dessa dureza de atitude que tomei. Foi mais para me afirmar na situação do que qualquer outra coisa. Agora penso em retribuir com carinho, com amor, mas, por favor, com tempo.

Estou me sentindo sem forças, fraca, o que devo fazer? Dizer adeus ou tentar me sobressair a esse desejo insano de tê-lo aqui em minha frente para tocá-lo, beijá-lo? Afinal, o que sou sem ele? Devo ligar para ele? Amanhã de manhã, eu ligo. Conseguiria, assim, dormir.

— Quero ir aí fazer amor com você! Dia após dia, vou passar meus dias dormindo até ele voltar.

Dói muito saber que você está por aí me desejando e eu aqui morrendo de saudades. Por que tem que ser assim? Você ainda está aí?

Havia tanto para falar. Ele diz:

— Excluí seu contato, senão já teria ligado muitas vezes para ti.

Ele sentia e evitava. Ela sentia e sofria. Melhor assim, eles sabiam. Mas e para o futuro, como seriam as reticências? Quem iria ceder? Ela ou ele? Ou o destino não queria? Ainda era cedo, talvez.

• ✧ • ✧ •

Ela liga, insiste, ele ouve, questiona, não se sabe se é interesse ou só pensamento passageiro. Ele se satisfaz, ela fica enlouquecida. Ela sofre muito, querendo realizar seus desejos ao lado dele. Não poderia ficar sem ele e nem com ele!

O som dos carros na rua, as noites quentes e a magia da lua — o desejo se faz presente.

Amanhece, o céu azul, o dia lindo; respirar nesses dias é muito fácil. Mas ambos pensam na distância que os separa.

Um dia, ela chegou em casa e deu um basta! Chega disso, daquilo e daquilo lá também. Ela só queria viver sem que os outros dissessem como tinha que ser.

— Esse silêncio! Que falta que você me faz, você não sabe o que eu sinto.

• ✧ • ✧ •

Já começa ao acordar: o banho, as redes sociais, o café, sim, o café que você não aceitou por medo, eu sei, o convite para vir aqui, o carro, a moto, o som que irrompe em minhas entranhas. Você lá, e eu aqui. Não estamos conseguindo resultados, por mais que nos esforcemos. Nem para nossos sentimentos. Somos reféns desses sentimentos. Você se expressou da melhor forma sendo verdadeiro, e é o que mais me encanta em você, essa vontade de ser melhor, de se mostrar para mim e mais para si de que é capaz de mudar. Esteja onde estiver, meus olhos te espelham. Esse seu jeito tão verdadeiro, alegre e por vezes tão severo me encanta, faz-me rir, faz-me apaixonada. Preciso escrever tudo isso, todos esses sentimentos, palavra por palavra, porque me tocam nesta manhã de sol. Dias lindos se fazem aqui e ali? Como ficamos juntos, longe, perto, não importa, estamos. Já é tarde para nós, como posso privá-lo de tanta juventude que ainda tem? Nunca! Jamais!

• ✧ • ✧ •

O silêncio se faz presente novamente. Ele já não sabe o que pensar, não sabe o que fez, por que fez, quer um tempo para que possa organizar tudo. Mas como desistir de algo tão bom para enfrentar algo tão duvidoso?

Então ela pergunta a ele, após terem feito amor:

— Você tem alguém em sua vida?

— Sim, tenho, mas não quero mais.

Sorri e olha para ela, querendo dizer:

— Agora tenho você.

Ela faz um carinho no ombro dele, não sabe se é verdade. Ela abaixa os olhos, sem saber da sinceridade dele.

— O que está olhando aí?

Ele se refere a ela, que estava com os olhos voltados à parede do quarto dele, que expunha diversos adornos de suas viagens mundo afora.

— Você é um aventureiro.

Sua jaqueta de motoqueiro estava em um móvel, suas roupas e seus pertences estavam ali, e ela, como boa observadora, não deixou passar nada, olhando item por item. Ele tentava explicar as fotos, os quadros, mas o tempo era cada vez mais escasso. Eles estavam nus na cama. Ele alcançou uma taça de água para ela. Ela não resistiu:

— Acho que me apaixonei por você.

— Não, é só atração — disse ele.

— O banco de sua moto é bem confortável, podemos viajar juntos?

— Sim, mas por enquanto não vai dar.

Nunca deu. Ele sofreu um acidente que o impedia de andar de moto.

Ela precisa ir. Mais amor, mais carinho; ele não quer que ela vá.

— Ah, sempre com pressa!

Mas precisavam se despedir. Nada é combinado, não precisava, não havia necessidade. Por quê? Talvez por causa dos sinais que os dois tinham. Eles sabiam, eles eram dados a saber tudo um do outro. Tudo é muito misterioso. O mistério dela é o que ela sente por ele; ele nunca havia presenciado essa facilidade que ela tinha em demonstrar o que sentia. Ele se vê diante de coisas nunca antes imaginadas.

Mas ele tinha o controle.

— É simplesmente maravilhoso ficar lembrando de tudo o que passou — diz ela, em um novo rompante de emoções ao se deparar com as lembranças de dias atrás.

Uma mensagem, uma troca repentina de mensagens que acabaram levando-a novamente até ele. Ela sabe que perdeu o controle das emoções há muito tempo. Ele a provoca diariamente. Ela acorda, escolhe uma roupa que possa agradar a ele, escolhe um perfume que sabe que ele gosta, e sai. Ele sabe de todos os detalhes que a cercam. Ela chega, eles se abraçam. Aquele olhar, aquele cheiro gostoso, aquele lugar mais uma vez, a segunda vez, então ele a deixa se acomodar em seus braços, e aos beijos ficam ali perdidos sem saber o que acontece. Paixão, atração física, loucura ou tudo junto. Razão e pensamentos, tudo foge. Ele segura firme a mão dela e mostra o caminho que em momento algum ela havia esquecido: o caminho do quarto. Estarem próximos já era suficiente para os dois, bastava olho no olho e já ardiam em desejo. Ficavam assim por um longo tempo. Ele deita na cama, convida-a para fazer o mesmo, junto a ele; seus corpos se tocam, não há muito tempo. De agora em diante, seus corpos estavam conectados, eram um só. Ela vai embora, ele fica ali mesmo na cama, rindo, enlouquecido. Eles sabiam que não seria a última vez.

O amor, a paixão, não sabemos o que são, pois não temos medida. Um escritor, quando quer escrever um novo romance, foge, sai em busca de um isolamento. Mas, para nós, seres convencionais, a fuga se dá apenas no pensamento e não na ação. Ficamos e pensamos. Ficamos e fantasiamos. Onde está você? Com quem? Ainda pensa em mim? Ele dizia que pensava em nós, não em mim. Sim, com certeza pensa em nós, e deseja, assim como eu. O desejo é mágico, engolfa, faz viver serenamente. O olhar dele ainda estava vívido nela. O silêncio é perturbador. Ele desiste, ela também. Até o próximo pensamento. Até o próximo desejo.

Ela precisava escrever mais.

Simplesmente não dá mais! Não há como ficar sem expressar o que está acontecendo, não dá para deixar passar. Quando sentaram na cama após aquele amor delicioso, aquelas palavras, aqueles carinhos, sem falar daquele olhar que desvia dela, para não fixar o que sente, não é possível, entende? Não tem como ser, como acontecer!

Ela escreve.

• ✧ • ✧ •

O teu olhar furtivo é encantador! Enfraquece-me, fragiliza-me, desmancha meu ser e reconstrói uma forma vazia, porque nada se forma. Eu não consigo identificar o que se forma no momento em que você tenta me olhar nos olhos, mas desvia. É para que seu olhar não se prenda no meu?!

Esses momentos são riquíssimos, tudo se transforma.

Eu poderia escrever, já que não há o que fazer, mas escrever o quê? Já não há mais muita motivação. Mesmo que o verão chegue logo, o que vamos fazer, mesmo? Seus planos me incluem? Já não tenho mais aquela vontade de antes, você está se mostrando um tanto indiferente aos meus olhos, um novo alguém, aquele que por anos esteve escondido dentro de si mesmo, e eu já não o reconheço mais como sofredor, e sim como alguém com uma autoestima outrora morta e que foi mexida. Eu já não sei se gostarei desse novo você, entende? Por que você quer se mostrar tanto para mim? Sim, você está feliz, eu sei. Antes, quando havia barreiras e éramos estranhos, sonhávamos em nos encontrar; agora que somos um só, o que nos resta além de nós mesmos? O que foi sentido por anos passou, e agora, o que será de nossos amores?

Não houve novidades, nada. Nem pensamentos, só vazio existencial, quero dormir.

Sei que não tenho que cobrar nada de você, assim como você não tem o que cobrar de mim. Só, por favor, esse silêncio me angustia, mas sei que deve ser assim. Admiro-o por conseguir agir assim, no sofrimento, através de um silêncio que comunica. Coisas que apenas nós dois sabemos o quanto têm valor, e é através dele que podemos desenvolver o que antes estava inerte em nossos pensamentos. Coisas pessoais de cada um, e o mais importante é com relação às suas coisas e à sua vida pessoal, seu relacionamento com sua família que começa a se desenvolver agora. O cuidado que você está despendendo para ela. Isso é muito bom, significa que você está levando em consideração tudo o que estávamos conversando. Estou vendo muita mudança na sua forma de pensar e agir. Mesmo não conhecendo você completamente, nem o seu passado. Amo a maneira que você mostra essas coisas para mim. A sua comunicação comigo é especial, carinhosa, deixa saber tudo. Ou quase. Amo o que você provoca em mim.

• ✧ • ✧ •

O que ele pensava dela era: *Será que ela me quer mesmo, ou está apenas brincando? O que ela vai querer comigo? Ela tem uma vida tão legal, um trabalho tão legal.*

— Por que você quer ficar comigo? Eu queria estar melhor para ter você. Mas assim, sei lá... O que eu sinto é sem explicação, o coração parece sair pela boca, parece que sou aquele adolescente de dezesseis anos. Por que você causa isso em mim? Fico tremendo cada vez que fico perto de ti. Venha aqui em casa, quero te beijar, depois só vou te ver daqui vinte dias! Venha aqui!

Todas as vezes em que fizeram amor, nenhum dos dois conseguiu chegar a se satisfazer totalmente; algo faltou. Alguns amigos disseram a ele que era o medo, a culpa, o pouco tempo, a insegurança. Será que eles deveriam estar juntos? O que os une tão fortemente?

Ela se sente envergonhada pela maneira que se amaram. Ele tem um mistério nas fotos postadas logo depois, parecia medo, mas ela queria que fosse outra coisa. Ela queria que ele estivesse preocupado em comunicar onde estava, com quem, o que fazia, e ele queria muito comunicar isso mesmo, mas ela poucas vezes conseguia ver. Ele esperava muito retorno, ansioso, olhava seguido para o telefone, para certificar-se de que ela não mandou uma mensagem ou ligou. Ela tem medo de que ele esteja acompanhado dos seus colegas de trabalho em reunião e não queria atrapalhar. Ele tem família, mãe, pai, irmãos, filhas, esposa, sogros, cunhados e amigos, muitos amigos. Em tudo isso fica escondida a falta de motivação que ela sente. Era tempo de ela se organizar melhor com suas questões, mas por ora não encontrava ânimo, e sabia muito bem o porquê.

Dois anos e um mês após a primeira vez que se amaram, e tudo mudou, por dois motivos. A tentativa do não e o acidente os colocaram frente a frente num momento de intensa emoção. Foi uma loucura, bem como gostavam: sentiram-se vivos no meio de tanta saudade, aquela vontade de estarem juntos, compartilhando todos os momentos ruins e bons.

Ela tomou uma decisão drástica ao ir vê-lo no hospital após o acidente, mesmo tendo a certeza de que iria se encontrar com a família dele. Mas ela era uma amiga acima de tudo. Enfim, não se deram conta do que estava acontecendo entre os dois. Era apenas uma visita rápida. Ao avistá-la na porta de seu quarto, no hospital, ele estremeceu, tentou se justificar, mas ela enfrentou a situação, aproximou-se da cama, fez um carinho no rosto dele e sentiu o imenso terror que ele sentiu.

— Minha esposa está aqui.

— Eu sei.

A esposa dele estava na parte externa do prédio. No quarto, dormia a irmã dele, numa poltrona; ela trocou poucas palavras com ele e logo saiu.

Ela sentiu muita vontade de beijar o seu rosto, mas ele estava coberto de pavor, pois a esposa poderia chegar a qualquer momento. Mas, de um modo bem discreto, ela fez um carinho no braço dele e em seu rosto. Quando seus olhos se encontravam, perdiam-se, evitavam se olhar. Ela quis sair logo, e ele ficou agradecido. O tempo, ah, o tempo, nenhum dos dois sentiu o tempo naquele momento, porque se sentissem iriam querer que parasse no mesmo instante em que os olhos se cruzaram. Ele foi para casa com a esposa até se recuperar completamente.

Assim, mais um ano se passou, e eles ficaram longe um do outro. Quando ela o veria novamente? Se fosse quando sentissem saudade, já estariam juntos. Como saber se havia ainda sentimentos intensos? Passou? Ele ama alguém ou só a si mesmo? Ou ambos amam a si mesmos apenas?

Sinta.

Viva.

Relembre.

Tudo de novo.

O coração dela está cheio de alegrias, de saudades, de lembranças boas. A vida flui numa proporção exagerada, intensa, cheia de emoções maravilhosas. É forte, quase insuportável. E a faz chorar de alegria. Logo ela, que viveu acorrentada por tantos anos, o que dizer?! A liberdade de amar se faz presente! O que quer e o que não quer, agora ela sabe, agora é ela que decide! Oprimida pelos olhos de aço, agora liberta pelos olhos de fogo que a fizeram descobrir um mundo novo. Dias cheio de alegrias, de emoções nunca sentidas. *Eu sinto que alguém em algum lugar está tentando respirar*. Ela não enlouqueceu e isso a deixa mais feliz e mais forte para seguir a vida que a toca lentamente como a água que escorre em seu corpo nos dias quentes de verão, ou como a chuva que salpica o chão do asfalto em noites tempestivas. Às vezes, sentia que ele fazia amor pensando nela. Ficava exaurida de tanta saudade.

Os sinais continuaram, e ela adorava interpretá-los. Ela sentia medo e desejo por aquele beijo, estava tão perto de onde tudo aconteceu; o tremor do corpo dele e sua boca firme ao beijá-la.

Ele estava ali, ao seu alcance, e agora não o vê mais, não tem o abraço forte, não tem a voz que faz arrepiar. Ela sentia os lábios finos da boca dele, a língua rígida explorando sua boca. Foi tudo tão rápido. Ela foi corajosa. Ele sentiu pavor. O segundo, outro e depois mais um. Ela o seduziu. Ela era sedutora. Quem olhasse profundamente para seus olhos nunca mais a esqueceria. Ele resiste até hoje aos seus encantos. Ela apenas sorri, diverte-se e tem a certeza de que marcou profundamente a vida amorosa dele. Ele contava para todos o que havia acontecido entre os dois, mas, é claro, desde que houvesse certa segurança. O sexo era fantástico para eles, pois se completavam.

Eu esperei um dia, e não sabia que me angustiaria.
Dias.
Quando.
Onde.
Horas.
Eu só sei o porquê.

Era assim, até que um dia o silêncio se fez naquela história. Ela não iria suportar.

As estrelas brilhavam no olhar deles.

Como seria bom, bonito. O lugar do amor. Iriam separados ou juntos no mesmo carro? Seria interessante. Desejo não faltava. Sim, aconteceria. Ela sabe o que todos querem e como querem, ela faria com que ele não esquecesse daquele dia. Ele sabe de tudo que ela gosta; comida, bebida, roupas, joias, passeios, viagens. Aconteceria até o momento em que não fosse mais possível.

O dia me aquece.

A lua nova me encanta.

Nada me aborrece mais do que ficar aqui longe de você e sem perspectivas. Tudo parece parar, não há estímulo algum, estou cansada, com saudades, sem vontade de realizar as mais simples atividades.

Agora é hora de entristecer-se. Apenas sofrer.

Por que ele demora para dar notícias? Será realmente que ele me esqueceu? Aqueles olhos negros. A impressão que ela tinha era a de que ele não a queria mais como antes. Mas os sinais, que no momento eram poucos ou nenhum, já não faziam o mesmo sentido. Ela sentia que ele mandava mensagens, mas ela não recebia como tinha de ser. A ponte que os ligava estava em ruínas. Havia conspirações.

De quem estou falando?

A pele;

a felicidade;

a solidão;

a paixão;

o amor.

Se ela deixasse os pensamentos falarem pela razão, seria assim.

As mudanças de humor começaram a entristecê-la. Já não tinha mais dias calmos, serenos; sentia mudanças repentinas de humor que a deixavam muito angustiada. Ela começava a lembrar de seu antigo namorado, que estava lhe fazendo mal com o modo de falar e de exigir as coisas. O namorado a humilhava constantemente, ela estava cansada. Já não gostava mais dele como antes. Ele deturpou a sua inocência, sua pureza de alma. Revelou tudo aos amigos, e ele, como bom ouvinte, achou ela uma presa fácil e a atacou, investindo toda sua sedução para conquistá-la e também se divertir. O namorado, vendo tudo o que tinha acontecido, estava arrependido, mas já era tarde. Ficou acabado, frustrado, sentou-se em seu escritório e trabalhou com afinco dias após dias, madrugadas até. Hoje, arrepende-se, não por ter contado a intimidade dela para todos, mas por ter sido um perfeito idiota. Da própria concepção dele, foi totalmente ingênuo. Ele não se importava com ela, mas consigo mesmo. Foi nesse dia que ela percebeu que todos a enganavam, e resolveu tomar as rédeas de sua vida.

O RECOMEÇO

Ela foi em busca da felicidade, em busca do que a deixava feliz. Foi em busca de um sentido para a vida, vivendo todos os dias com muita emoção, com alegria, com um novo olhar para todas as coisas da vida. Livre das interferências de qualquer um que fosse. Fazer o melhor para si.

Vida.

Cada segundo, cada suspiro, cada brisa na pele, perfume, olhar, música: tudo havia mudado de sentido nessa nova vida que escolheu para si. Assim, encontrou uma nova forma de viver na sua solidão. Sempre foi sozinha e não sabia, mas agora sabia.

A vida só dela.

Respirou e nasceu.

Fazia o que descobria a cada amanhecer, sem pressa, sem medo.

As horas continuaram a ter significado para os amantes. Ele ficava louco quando ela não respondia ao seu chamado. Ela ouvia e não comunicava nada. Exercia aqui um pouco de sua liberdade.

— Você mudou a minha vida!

Essa frase servia para os dois. Ambos pronunciavam isso. E era isso mesmo.

Ela escreve.

• ✧ • ✧ •

Hoje está sendo um dia ruim, minhas emoções estão mergulhadas na tristeza. Como está lindo o dia lá fora, frio e com sol, mas aqui dentro do meu coração está tudo muito doído. Dói sentir-me longe dele. Pensei que nunca iria ficar longe daquele olhar furtivo de menino desobediente e esperto. Sim, eu o acho malvado, daqueles meninos que fazem arte e fogem para longe para não serem pegos. Mas a saudade dói, e eu queria que não houvesse convenções, como: ah, ele é casado, ah, ele tem família, ah, ele tem uma vida de cigano! Mas como não enlouquecer perante um homem desses?

• ✧ • ✧ •

Para ele, amar tinha um significado diferente. Amava uma, duas, três mulheres. Mas não assumia amá-las todas, apenas a esposa. Sábio galanteador. O que conta é o desejo de amar, tudo e todas, amar a si, o trabalho, os amigos, a vida. Simples assim, amar. Ele está longe, pensa em encontrá-la, e eles querem, mas as viagens de trabalho os distanciam cada vez mais. Ela fica sem forças, quer desistir, mas ele insiste em mantê-la conectada emocionalmente a ele. Ele espera a sua ligação, e ela já não deseja mais ligar, mandar mensagens, nada. Ela no trabalho, ele também. Pensam e sonham. Ela queria tanto saber mais dele, e ele queria tanto fazer amor com ela, um dia inteiro juntos. A paixão tem dessas coisas, quer, busca, insiste, faz acontecer, sem cobranças, sem críticas, sem perguntas e respostas.

Se eu fosse escrever hoje, o que escreveria?

Imaginá-lo deitado ao lado de sua cama por uns três dias era impossível. Controle de si ali naquela cama, apenas os pensamentos soltos, livres — ou será que estavam presos em uma dor insuportável? A liberdade dele era estar ao lado dela, ali, sentindo a sua pele e o seu desejo. Estarem na mesma cidade já era o suficiente, mas isso raramente acontecia. Os sinais eram quase inexistentes: não havia sons de telefones, mensagens, nada. De novo a solidão. Só as lembranças.

Por que cada ação minha remete a você? Como você está? Como age? E devo agir pensando que você está por trás de tudo, das pessoas, das coisas que acontecem comigo, e sempre há uma pista, você mostra que era você! Ganhei e perdi. Se não fosse pela minha mente cansada e saudosa, eu estaria fazendo planos para te ver, e, ainda assim, cansada, penso em você. Por que não me dá sinais como antes? Sei que também sou culpada pelo medo que sente, por tudo o que aconteceu, mas eu também sou culpada por deixar chegar nessa loucura. Eu seria a mais prejudicada, todos se voltariam contra mim. Mas poucos vivem um sentimento assim, e, se vivessem, nos dariam razão. Agora vamos nos colocar do lado de cá para olhar tudo. Eu e você. Não há possibilidade, eu não ia querer, nem que você me desse garantia de uma relação saudável.

Apenas te ver basta!

· ✧ · ✧ ·

Acompanhado de duas mulheres lindas, amigas, conhecedoras do seu caráter, protetoras, cuidadoras; o que dizia o olhar daquela que caminhava na sua frente na saída do restaurante quando me viu dentro do meu carro? *Olha, ele está comigo!* Ou, então, disse a ele: *Olha, uma mulher bonita passando*. Ao olhá-la, já havia passado ante seus olhos, e foi.

Ele andava na faixa de pedestre com elas, conversando após o almoço, enquanto ela estava indo para o trabalho. Tão próximos e tão distantes. Cabisbaixo, prestando atenção às conversas do grupo, ela parou, ele não viu e passou.

· ✧ · ✧ ·

Onde ele está? Pensa sobre nós? O que sente? Preciso disso para satisfazer o meu desejo narcísico, e não a ele. Seria isso? Pode ser. E se for? O que muda? Dias sim, dias não. Existem pensamentos que querem apenas me satisfazer, já outros são de preocupação: se está com dor, triste, sozinho, carente, arrependido; será que está bem?

· ✧ · ✧ ·

Ele tentava suprir as aventuras românticas, algo que lhe faltava. O jeito e a vida dela era o que faltava nele, e, assim como ele tinha sua vida desregrada, era isso que faltava nela. Agora eles reconhecem esses comportamentos um no outro, e podem, sim, ser um pouco diferentes do que eram. Eles costumavam dizer:

— Essa mulher mudou a minha vida.

Ela dizia:

— Ele me tirou da minha vida chata.

Foi assim para os dois. Completude.

A fala daquele dia era: *Sentimos sua falta na reunião.* Essas frases soltas vinham dele. Ela admirava essa comunicação. Durante o dia se perdiam no trabalho e de madrugada se encontravam on-line e namoravam. Um fazia companhia ao outro. Ela acreditava que, se olhasse firmemente para a lua cheia, sua energia a enchia de desejo. E não podia se dar a esse luxo. Nem a lua a encantava mais, pois ela se escondia em seus pensamentos e recordações, e a evitava.

Ele havia dito que sua mansão estava interditada, que alguma coisa estava causando problemas, mas nada disso era verdade. Ela pôde ver uma mulher saindo do quarto dele certa manhã. A porta estava aberta, ela entrou e viu aquela cena que a deixou perplexa, sem saber o que fazer.

Tempo.

— Eu estou passando aqui todo dia, e não vejo você. Estou querendo chegar, te ver, te tocar, te amar, estou querendo continuar com você. Você quer?

— Não posso.

— O que dizer do seu desejo? Este existe, eu sei, e você luta contra. Mas o que vamos fazer? Eu preciso de você e você de mim. Não conseguimos ficar um sem o outro.

As fotos que ele fazia questão de mostrar a ela eram sempre uma provocação!

O silêncio se fez presente.

Pense. Sinta. Viva intensamente. A coragem que falta a nós para poder viver esse momento lindo. Sentimos e só sentimos. Não fazemos nada além de sentir e pensar.

O que dizer dessa vontade de estar com você, mas não deixar para trás a maneira como estamos vivendo? Seria isso possível?

O que fazer?

O que pensar?

Loucura.

Ela pensava que podia estar mais presente. Ele queria poder vê-la por aí. Mas nunca conseguia. Ela não se mostra, é tão misteriosa, cheia de segredos. Vou pensar sobre a loucura.

Existem argumentos lógicos para que não se faça as coisas desse modo. Ela sabia que ligar para ele, mesmo em modo restrito, poderia colocar tudo a perder. Sua vida estava ali naquela ligação e estaria sendo jogada para todas as pessoas. Mas corria o risco, porque apesar de tudo confiava naquele homem.

As horas passavam e ele estava ali com ela, afirmando uma ligação forte, porém não percebia o quão tênue é esse momento. Tudo pode se romper a qualquer instante. Ela sabe que está nas mãos dele e, portanto, nas mãos de outros tantos. Ela deixou tudo isso acontecer. A paixão cega.

Ele avisou que iria viajar. Ela sente falta dele. Ele sabe disso e também sente falta dela. Ele está on-line e ela também, dando sinais um ao outro. É assim e sempre será. Será? Não importa. O espelho lhe mostra sua fragilidade; cansada, o tempo passou para os dois. O tempo e a vida trazem visões nada agradáveis aos dois.

Ela liga, ele não atende. Ela entristece. Desistiu dele por pelo menos algumas horas. Mas não consegue, vai lá e espera. O dia estava chuvoso, ele estava em casa, ela tinha certeza, pois passou pela mansão, quis entrar, e desistiu.

Ela questiona o tempo deles e o nosso. Seu tempo passou, ou está passando? O que mais dá para fazer? É tempo disso ou daquilo? O que fazia ainda se faz. Ele vê o tempo passando? Ele vive o tempo no aqui e no agora. Seria, por isso, que não se encontram como antes? Eles se encontraram no minuto, na hora e no dia certo. Mas só no primeiro momento em que fizeram amor pela primeira vez e nas outras vezes. Os olhares daqueles encontros traziam segurança para ela e alegria para ele. Melhor não se encontrar de novo. Pois o que se passa é incontrolável, é intenso. O tempo vai passando rapidamente e eles se perdem entre olhares e desejos. Sem se tocar. Após o toque, e mais tempo, só para se tocarem, e sentirem as emoções em seus corpos. Até que um deles dá mais um passo, o beijo, mais tempo. Ah, o tempo passou, hora de ir. Eles queriam mais tempo. Não havia. Esse é o dia de hoje, e amanhã? Tempo.

Eis que o evento que ele planejou para sua empresa foi um sucesso. Ela apenas assistia aos bastidores e comemorava. Ele procurava deixá-la a par de tudo o que fazia. Cada transação que ocorria na empresa ela assistia e aprendia com ele. Como manejar tudo aquilo? Ele fazia tudo pensando nela. O que ela pensaria? Iria gostar? Deste ou daquele evento? Ela seria eternamente grata por esses carinhos. Ele sabia exatamente como fazer para agradá-la. Sempre atencioso, carinhoso, espontâneo, e depois se retirava em clausura.

O amor é aquele sentimento que surge quando nos apegamos a uma pessoa que nos traz tranquilidade, alegria, mas também que desacomoda, inquieta. Um fio de aço balançando no precipício.

Agora ela passava diante da mansão e observava as janelas do quarto em que faziam amor. Ele mandava músicas para ela agora. E agora ela sabia interpretá-las. Ela sabia exatamente o que ele queria dizer, e esses eram os sinais de que mais gostavam. Ele seria um conquistador nato, ela, uma sedutora contida, mas com entregas de sentimento. A entrega de si.

Ela escreve.

· ✧ · ✧ ·

Ouço os pássaros que deveriam estar anunciando o inverno, mas não estão. Estão aí apenas por estarem perdidos e para lembrar que o inverno não será o mesmo sem você. Onde se esconde? Venha que estou aqui perdida, aqui também é o seu lugar. Sinto sua falta, como sinto sede, sinto falta do sabor daquela água que me oferece em sua casa, aquele gesto carinhoso, aquele olhar que me dizia: *Você está aqui! Será que estou fazendo a coisa certa?* Seu receio é encantador. Eu o tive e senti o mais puro do seu ser. Quero me ver em ti de novo, quero ser sua de novo.

Janeiro é o primeiro mês do ano, que remete a quê? A você. De uma maneira desajeitada te vejo preocupado comigo. Você não sabe o que sinto. Hoje tive notícias suas que me trouxeram paz. Eu sentia que não poderia te ligar porque estava de férias com sua família e longe de mim. Necessitamos desses momentos para que nossos corpos estabeleçam o sentido da vida.

Escrever eu preciso. Ficar em silêncio eu preciso. Navegar em meus pensamentos e ter você aqui. Dias sem a sua presença, e os jogos patológicos da minha mente enlouquecida pela sua. Eu me apaixonei pela sua loucura, sua mente ardilosa, certeira nos corações fragilizados. Eu disse a você que eu o quero para mim, e você me questiona: *só para você?* Eu me contenho, pois sabemos que nunca seremos um do outro, pois somos apaixonados pelo desejo de viver livremente, mas intensamente, nossos desejos.

Esse dia de hoje representa para mim que faltam dez dias para eu ter certeza de que você voltou e mais doze para lembrar o primeiro dia de nossos principais momentos juntos. Seremos assim, nas nossas memórias inquietas e alegres. Sonho com o dia em que vi você pela primeira vez: o olhar, o aceno com a cabeça, o sorriso, a surpresa, o cruzar de braços, como dizer a si mesmo *calma, eu não posso*? Mas você pôde. E agora, são as lembranças mais verdadeiras e deliciosas de se sentir. Aqui estou eu; onde você está? Estou com saudades.

• ✧ • ✧ •

Ela nunca sabia exatamente que dia era, mas sabia que ele estava em algum lugar pensando nela. Tudo lembrava ele. Quando os pássaros levantavam voo em bando e tudo era silêncio, era a voz dele que queria ouvir. Mas, em vez disso, sua voz saiu do microfone no seu evento da empresa, e ela ouviu. Ele havia dito que falaria tão alto que ela conseguiria ouvir, e ouviu. Ele ria e sentia prazer em fazê-la estremecer, ele sempre conseguia. O sentimento dela era de carinho por tudo aquilo que ele fazia; amava tudo aquilo. Os sons daquele dia, da cidade, dos carros, das pessoas: tudo parecia ser ele, ali perto dela, e com medo ela se escondia, fechava-se dentro de suas lembranças, no seu próprio pensamento. Não havia muitos ruídos depois do acidente que o vitimou. Sequelas mostram o quanto foi grave, pois naquele dia, no hospital, ele pensou ter sido um pesadelo. Ele estremeceu ao lembrar dela entrando no seu quarto naquelas circunstâncias. Ela não sabia o que iria encontrar, mas foi até lá e o encontrou, ferido, mas com o olhar espantado ao vê-la. Ele olhou uma vez, e aos poucos a retina de seu olho se expandiu; o susto.

Hoje está tudo calmo. Ele deveria estar em reunião, olhando uma bela mulher em seu escritório, ou pensando nela. Ninguém sabe, só ele.

Ela está mais calma, não se surpreenderia se ele não a quisesse mais. Ele poderia fazer isso a qualquer instante, não importava mais, ela estava bem mais segura de si. Ela poderia, sim, terminar tudo. Na noite anterior, ele lhe mandou beijos por sinais, é claro, mas, sim, eles se comunicavam.

Venha andar comigo. Foi coincidência? Sim, foi. Ela estava saindo de seu local de trabalho, ele estava em sua frente, na rua, e ele a viu, esperou e andaram juntos alguns metros até o destino dele; foi o suficiente.

— Não vi que era você. E aí, tudo bem?

— Tudo bem, e com você?

— E daí, já tirou suas férias?

— Ainda não, vou amanhã e volto só em março.

Silêncio. Ela olha aquele rosto que estava rubro. Ela riu.

— Então, boas férias.

Ele mencionou um abraço, mas ela seguiu o caminho dela, e ele, o dele. Ela pensou que certamente ele estaria mentindo sobre as férias. Mas não deu importância, ele precisava fazer isso para ter controle sobre si mesmo. Puderam se ver, já era o suficiente. Para os dois, como ele disse, sobraram emoções.

Dias se passaram, e ele disse a ela:

— Vamos pôr um ponto-final em tudo isso, está me perturbando muito. Aquele dia em que você me ligou, eu estava com a minha esposa! E agora vou entrar de férias, é ruim, isso vai ser um problema para nós!

Essa fala a marcou muito. Mas ele pensava muito nela, com dor no coração, porque sabia o quanto era difícil ficar sem pensar nela.

O sino toca, o tempo segue...

O sino toca, ele e ela para sempre.

A sala ardia em pensamentos, não havia sequer um toque de telefone. Nada, nenhum sinal. Isso os incomodava. Um querendo ligar, e o outro querendo ouvir. Mas era assim que deveria permanecer.

Já se passaram quatro horas desde o último sinal, seria esse o começo do fim? Mas não foi, porque um não conseguia ficar sem saber do outro. Enamorados. Logo tudo voltaria ao normal — eles não conseguiam manter o compromisso consigo mesmos sobre não dar mais importância ao outro. A paixão não os deixava se afastar.

E ela sonhou com ele. Até esse dia, não lembrava de um sonho tão marcante. Ela estava presa em um congestionamento e não conseguia sair. Ele estava esperando. O carro na autoestrada começava a se desmanchar em pedaços e só restou ela perdida entre os diversos outros carros que buzinavam. Ela estava atônita, andava sem direção, com a certeza de que não chegaria a tempo de vê-lo discursar no evento da empresa. Acordou amortecida, pesada, sem forças para ir trabalhar. Pesadelos, doença incômoda entre dois amantes.

A chuva crepita na janela do avião que acabou de levantar voo. Terá tempestade. O voo será turbulento. Toda vez que ele viajava sozinho, sentia medo e pensava nela: onde ela estaria? Pensando nele? Sorria sozinho no meio de centenas de pessoas em seus diversos destinos pelo mundo. Ele queria muito que ela pensasse nele, assim como ela.

Ela estava decepcionada com ele, pois da última vez que foi em sua casa, ele tinha ficado furioso. Ambos queriam conversar, mas não seria o momento adequado.

Um só queria ouvir o outro. Era disso que eles precisavam, encontrar-se e conversar. Depois disso, ele mandou notícias como sempre, pois quando a emoção toca fundo em seu ser ele diz e manda sinais.

• ✧ • ✧ •

Sempre foi assim, sempre vai ser. Mesmo que você se distraia com outras coisas ou pessoas, você sabe que são passageiros e sabe que eu sempre estarei aqui. A maneira inteligente como você fala as coisas em forma de sinais, que, por vezes, confundem. Mas geralmente é aquilo mesmo, por isso fico lisonjeada, feliz, inquieta, louca, prisioneira.

• ✧ • ✧ •

Ela estava rasgando todo aquele sentimento ao escrever, todos os dias; a qualquer hora ela escrevia, para si, para ele, para entender-se. A distância que deveriam tomar é entre corpos, assim estariam protegidos, pois não haveria maneiras de concretizar o que queriam. A conexão existente entre duas almas que são uma só não há como evitar, é um bálsamo para os dois. Acontece e pronto. Não precisa de explicação, porque não há e não se faz necessária.

• ✧ • ✧ •

Somos idênticos, somos diferentes, é isso que nos atrai e nos faz formar cada vez mais percepções de onde estamos. Estamos vivendo uma paixão. A ideia é nos mantermos bem conectados emocionalmente. Você me diz: *Conte comigo*, e eu te digo: *Conte comigo*.

• ✧ • ✧ •

Essa ideia valia para as traições e os enganos que um cometia com o outro, sem que se dissesse uma palavra sequer. Eles apenas se perdoavam. Para algumas pessoas, sentir é coisa tola: não dão o devido valor ao que sentem e pensam que raiva, tristeza, alegria, ódio, ciúmes e inveja são apenas emoções e que são passageiras. Para eles, isso tinha um outro sentido, carregado de afeto e entendimento.

— Ainda bem que folhas em branco existem. Eu as adoro, porque me permitem expressar meus pensamentos, por mais desajustados que possam parecer. Eu rabisco afetos diversos.

• ✧ • ✧ •

Sua falta de caráter me instiga. Há uma lacuna grande em nós, agora posso ver com mais clareza. Se somarmos todos os possíveis números, a soma mostraria o quão imoral você é. Às vezes os ruídos me assustam, é como se você aparecesse do nada e me mostrasse o que eu sempre quis ver, mas tinha medo, era inocente. Tenho medo, pois cada ruído me faz estremecer, me faz sentir que a loucura ronda meu ser, mas sem isso há apenas marasmo, coisas poucas e insossas. Ontem, na sala onde nos vimos pela primeira vez, lembrei do nosso primeiro beijo, tinha gosto de loucura. Era manhã, você sentiu medo, pavor, mal conseguiu retribuir. Hoje me pergunto como pude me envolver tanto assim com você, seu caráter é espantoso; quero te melhorar, mas não consigo, foge das minhas capacidades, sinto-me incapaz, frágil. Doentio e delicioso. Será que o que você procura, eu encontrei? Isso não acaba aqui, nem hoje, nem amanhã, mas os dias precisam passar rapidamente.

O que eu faço com todo esse sentimento guardado em mim? Ouço o relógio e desejo reler tudo o que escrevi sobre nós, mas me faltam forças; tudo está sem sentido, estou agora elaborando sua ida para os seus, você foi e eu fiquei. E agora, o que faço? Luto, desisto, grito, choro, escrevo. Músicas, sons, cantos, o tique-taque do relógio, perfumes, olhares que tomam outro sentido agora, a natureza se mostra torta, preciso sentir com mais calma os sinais que não estão mais presentes nos meus dias. E isso dói, é um abismo sem fim.

Ele ativa todos os meus sentidos, mas de um modo confuso, enlouquecedor.

Eu sou uma garça triste que pousa na beira de um rio, seu gemido me faz tremer de frio. É como esse poema que li, entre tantos outros que falavam de solidão; com esse me identifiquei.

Parei de sentir afetos de amorosidade no dia em que ele partiu para longe. Ainda não lembro o dia, mas lembro o vazio que causou em mim. Sem me falar, sem dar explicações, não saberia o que dizer. Como aquele jantar na Croácia ao qual não compareceu.

• ✧ • ✧ •

Seu jeito de demonstrar carinho em gestos e comportamentos. Nisto ele era expert. Quando foi, deixou um presente para um vizinho dela, e todo dia em que ela saísse de casa poderia vê-lo ali em sua frente; ele deixava marcas. Deixou um carro vermelho de presente para o amigo, mas desde que ele deixasse em frente à casa que dava uma visão privilegiada para ela. O que ele fazia era espantoso. O que mais seria capaz de fazer?

Ao sair, avisou a todos os amigos que cuidassem dela, pois era muito querida por ele. Ele havia transformado a vida dela radicalmente, para melhor, mas ela se envolveu demais.

Ela lembra das poucas vezes em que foi à casa dele. Ele foi correndo recebê-la. Era verão, um calor insuportável, ele ligou o ar, e caíram na cama exaustos de tanto amor. Foi nesse dia que ela pôde ver a alegria dele ao recebê-la, ele estava irradiante.

— O que fez em seu cabelo?

Ele tocava no cabelo dela com tanto carinho, ficava olhando para cada centímetro do corpo dela como se registrasse tudo em sua memória, e depois acessaria todas as informações.

Ela não falava nada porque, enquanto seus olhos fitavam os dele, ela não pensava nada, apenas olhava e sentia paixão devastadora. Só o desejo já era insuportável processar. Era uma energia impressionante.

• ✧ • ✧ •

Meu sentido de vida agora é este pensamento que me tortura: ir morar mais perto dele. No entanto, meu trabalho não me permite, não agora; os projetos estão em andamento, não posso abandoná-los. Já não tenho mais vontade de sair com amigos, viajar ou qualquer outra coisa. Quero fazer planos. Meus planos. A paixão sobrevive aos tempos.

• ✧ • ✧ •

Hoje, véspera do dia do aniversário dele, sugere que ela ajuste as horas. Seus sinais eram imbatíveis, faziam efeito sobre ela. Ela o deixava por horas sem um sinal sequer, e ele ficava aflito, irritado, agia com seus colaboradores de maneira agressiva, ficava louco. Mas não demonstrava para ela, apenas para os que estavam ao seu redor. Ela mantinha o silêncio, queria que ele sentisse sua falta. *Esquecer* era uma palavra mentirosa para os dois. Não havia desvio de atenção um só minuto, pois se faziam presentes um ao outro.

• ✧ • ✧ •

Por onde começar? Esta caneta está quebrada, faz um barulho quando escrevo, e alguém no escritório de cima está usando um calçado que me causa arrepios, parece ser de madeira ou plástico ressecado, velho, qualquer coisa nesse sentido. Esta caneta está secando como as outras três que estão aqui guardadas. Sabe, guardo coisas quebradas, dei-me conta agora, tenho dificuldade em me desfazer delas. Mesmo quebradas, penso que devo guardá-las. Foram tão úteis e me ajudaram, mas preciso deixar de me apegar tanto a objetos. Invisto muito afeto naquilo que está presente em meus dias, e isso me deixa cansada. Está me doendo a mão para escrever, vocês percebem, a tinta da caneta está fraca, preciso pressionar, fazer força com a mão para que ela escreva. Já não é mais necessária tal força, mas continua a me machucar.

Ele acabou de me mandar um sinal. Sabe ao que me refiro acima? A pessoa do andar de cima não se desfaz do calçado velho, eu não me desfaço da caneta velha nem dos amores velhos e ultrapassados. Eu me machuco, mas continuo. Devo ponderar a não ser mais dominada pelos pensamentos, porque sim, eles fluem. A caneta, vou me desfazer dela. Outra caneta, como vocês veem na escrita, agora é legível. Esta escorrega mais, é mais leve, tem mais tinta, eu não preciso fazer força, a mão agradece. Trocar. Entende? Li algo banal, como: se tem que forçar, já não cabe mais ali. É isso. Essa frase coube em várias partes da minha vida. Explica tantas coisas. O telefone ali da sala ao lado tocou. É ele. Acho que a escrita me serviu, estou mais tranquila, como é bom isso! Pensar e escrever. Experimentem, vocês vão gostar! A escrita me serve em ambos os sentidos, me apraz e alivia.

Parece ser um telefone, mas não é; talvez um Código Morse, mas também não é. Como ele faz isso? Intriga-me. Estive pensando no quanto ele quer fazer isso comigo, pensa em mim e faz amor com elas. Doentio. Bom, voltando ao meu estado emocional, minha alma, minha psiquê, eu, ou eu e ela, minha alma, estamos nos dando bem. Esse bloco de papel em minha mesa tem uma propaganda escrita, que cafona. Como esse bloco parou aqui na minha mesa?

Foi ele. Veja como ele conseguia chegar tão próximo a mim.

O chão sumiu debaixo dos meus pés, vazio existencial, e com ele a suportabilidade do silêncio, o natural das coisas, só isso. Posso entrar em colapso mental, e você lá, irredutível, seguindo com sua vida duramente, sem uma reação sequer. Adeus!

Estou numa tristeza sem fim. Você ocupava todos os dias da minha vida, agora é um imenso vazio. O mundo está mais silencioso, sem graça, quase sem sentido. As pessoas me parecem insuportáveis, assim como o meu trabalho. Estou desacreditada no ser humano. Seria esse o fim? É isso, tudo para. Ouço apenas as batidas enfraquecidas do meu coração, as poucas forças do meu coração ainda em ação. Preciso retomar coisas importantes da minha vida, como ter que lutar pelo que ainda não sei. Coisas que atuam contra nós o tempo todo. Reconhecer certas vivências e saber que agora ando livremente por todos os lugares dessa cidade em que você me deixou solta, sem ser observada por seus olhos negros. Mas não, havia amigos, havia fotos que eles mandavam para você. Atualizações em tempo real. Mas um pouco mais livre, solta e menos alerta para o novo. O novo. Eu não sinto mais você aqui comigo.

Por que estou tão fragilizada? Sei que sou abusada emocionalmente, mas isso não me faz querer mudar, só me deixa no mesmo lugar. O silêncio, a calmaria dos dias que se seguem e a imprecisão de um futuro insano. Mentes poluídas, perdidas no deserto dos sonhos, que em vão sonharei. Seria uma vaga lembrança de teus olhos negros que me espreitam nas trevas da insanidade? O que ele diria? O que diria sobre as escritas que tenho mantido em segredo? Haveria compreensão? Sarcasmo? Isso é muito forte em você, assim como a insegurança.

Falo do tempo.

Falo de nós.

Tudo vem devagar com o tempo, tudo se perde com o tempo. Sonharei o sonho. Sonharei o tempo perdido. Mas acima de tudo, sonharei. Acima de tudo, sonharei e serei transparente, plena e serena. Acima de tudo, essência. Não a abandonarei.

Bom, cá estamos, eu e você, e mais a amargura da saudade. Tudo está tão perdido, os ruídos da conquista cessaram, o que faço agora? Dormir é o que tenho feito. Culpa por estar assim e ver as pessoas ao meu redor percebendo meu humor deprimido, ao menos as pessoas que sabem do ocorrido, que você foi embora. Sim, cá estou, triste. O coração dói, a alma dói. Não tenho mais tempo, só medo. Estou aqui frágil, sem os seus sinais.

Ela havia tirado uma foto do pôr do sol, e estava admirando-a. Era isso. A vida havia passado no mesmo tempo para os dois, porém de maneira contrária para ambos. Ele era o amanhecer, cheio de vida, de luz, de planos, e ela era o entardecer que traz a noite escura e sombria. Como num eclipse, eles se conheceram, suas almas se cruzaram, apenas naquele instante, naquele momento, e tudo voltará ao normal. Virão outros eclipses, mas jamais iguais a esse. Ele sentia o perfume dela, via a delicadeza do amor que ela lhe proporcionava, a pele, o toque, o cheiro, os carinhos, tudo muito sutil, macio, mas intenso.

Na entrada do inverno daquele ano fatídico, ela pôde experienciar mais algumas emoções desagradáveis por conta dele. Dessa vez, ele havia mesmo se separado da sua família, e novamente voltou a morar sozinho:

— Agora moro sozinho, em minha casa.

Questionado por ela sobre qual seria o real motivo da separação da esposa, ele apenas dizia que não queria falar. Nas diversas vezes em que ela perguntou, a resposta era sempre a mesma:

— Eu não quero falar sobre isso.

— Você não falou nada, por que não me contou que vocês tinham se separado? Poderíamos ter ficado juntos. Você não quis! Se eu for para a Croácia agora, você abre a porta para mim?

— Não sei.

Ele sorria, e a conversa estava encerrada.

Nessa noite, ele havia ligado duas vezes para ela por vídeo, queria vê-la. Ela, ao ver seu telefone tocando, não pôde acreditar no que estava acontecendo. Ele havia ligado de seu próprio telefone. Isso nunca tinha acontecido antes — ele não costumava se identificar, mas agora estava sozinho, sem compromisso com sua esposa. Surpresa, ela não foi capaz de reunir forças para atendê-lo e olhar aqueles olhos negros. Ela não conseguiu agir naquela noite em que estava desejosa dele. Paralisou completamente. Tudo havia fugido de si: suas forças, sua coragem e sua audácia. Ela estava em êxtase, apenas vendo o nome dele em seu telefone. Nessa noite, ele deu boa-noite a ela. Ela adormeceu olhando a foto dele no telefone.

Chegou o fim de semana prolongado por conta de um feriado e ela estava esperançosa, querendo conversar com ele, mas ele não respondeu e desapareceu. Nenhum sinal ao menos indicava a ela que ele estivesse vivo. Nem telefone, nem redes sociais, nada. Ela ficou aguardando, todos os dias. Ao meio-dia ele apareceu on-line, e foi só. Apenas se mostrou para ela, não conversaram. Por conta desse comportamento, pensou que ele tivesse voltado com a esposa ou com a amante. Ela não iria saber, não por ele, e se ela quisesse saber, teria que realmente investigar. Mas ela não queria isso para si, então voltou ao trabalho e aos seus projetos que ocupavam sua mente inquieta. Conhecedora de parte do funcionamento da mente dele, sabia que ele possivelmente havia se separado porque a esposa tomou conhecimento de suas aventuras amorosas, ou por ele ter entendido que a esposa já não o amava mais do jeito que ele queria, mas o mais provável era que ele havia planejado com a amante que agiria assim. Após regressarem à Croácia, deixaria a esposa para ficar com a amante. Ele era assim. Queria ser amado e elogiado constantemente por todos, e muitas vezes ele não recebia esse retorno das pessoas e se vingava delas. A esposa não estava nem um pouco interessada em ficar elogiando os feitos dele, tampouco era ligada a sexo; para ela, isso não era importante em um relacionamento, e sim a companhia, a amizade e a fidelidade não só sexual, mas também aos princípios, à sensatez. Ele não passava nem perto disso. O resultado da relação foi a separação. Depois, ele foi viver sua vida mundana, com a amante e seus amigos e amigas, e com elas mantinha relacionamentos amorosos.

Ela começava a sentir a vingança por parte dele, e seu trabalho começava a dar sinais de que alguém estava manipulando seus projetos. Ter em mente esse problema e conseguir agir era o mais difícil, porque ela o amava. Assim, deixava o tempo passar, suportando a falta dele, vendo-o agir contra ela e aceitando isso. Ela era muito resiliente, mas ele era mais. Disso ela sabia, e por vezes sentia medo de que seus negócios começassem a ruir. Tudo parecia ficar sem controle. Sentia muita falta quando os sinais eram intensos: era quando ele precisava dela, estava carente, ou mesmo querendo brincar em uma roda de amigos. Ela sabia que estava exposta por uma pessoa extremamente manipuladora e controladora. Porém, tudo o que ele havia feito para ela em termos de atenção, cuidado e afetos a deixava sem atitude, e sempre esperava, pois os carinhos que trocavam nos momentos de prazer eram o que bastava para ela.

Certa noite, ela viu uma foto dele com os colegas de empresa. Não suportou e mandou uma mensagem para ele, pois sabia que ele a estava provocando com aquela foto. Ele sorria, ligava de outros números que não o dele e seguia com a vida. Pela manhã, eles estavam ali, on-line, um dando bom-dia ao outro. Essa era a rotina deles, um bom-dia, bom almoço, um boa-tarde, e à noite ficavam mais tempo juntos, apenas estando on-line, um olhando a foto do outro a centenas de quilômetros de distância.

Ele estava pensando em ir visitá-la na Noruega, mas ainda não sabia como. Precisava de tempo, e de desculpas fortes para dar à sua amante. Não sabia como proceder, mas iria vê-la.

Respondia sempre aos chamados dele como se fossem pedidos suplicantes e as respostas também cabiam dentro desse nível máximo de súplica, de saudade, de vontade de estar próximo a ele, acolhida em seu calor e em seu amor. É amor e sempre será. Mesmo que não dê certo, é amor. Sempre é amor. Sendo esse amor certo ou errado. Amor por si só, amor.

Ela era uma mulher que, para espairecer, tinha diversos recursos, mas o que mais lhe deixava satisfeita era o fato de poder estar sozinha em sua casa e poder escrever e pintar telas. Na escrita, encontrava distração para os seus sentimentos e pensamentos que por vezes causavam angústia. Escrevendo sentia paz, liberdade de pensamento; apenas poucas linhas malpostas no papel já eram o suficiente para deixá-la extremamente alegre. Na escrita, quaisquer sensações ruins, decorrentes da sua lembrança e da distância dele, transformavam-se aos poucos em emoções mais equilibradas e possíveis de serem vivenciadas. Podia, assim, ler sua própria vida, jogada no branco do papel. Escrever sobre si era prazeroso. A pintura das telas era semelhante. O branco era inundado por cores que, dependendo de seu estado emocional, separavam-se ou misturavam-se em novos tons, demonstrando novos dissabores de sua vida.

O trecho que escreveu um dia e que mais havia lhe agradado era aquele em que dizia que, como era uma mulher madura em idade e com um caráter extremamente independente e pensante, não precisava de nenhuma opinião sobre sua vida amorosa.

— Eu não posso ver um papel branquinho como esse que quero escrever. Nossa! Como me satisfaz!

Escrever.

•✧•✧•

Eu tenho tristezas, medos, vontades e tão pouco tempo. O tempo não me coloca em um lugar agradável, impede-me de ir muito além, e fico. Deixo o meu lugar, cedo, a você que lê isso agora. A você que ama como eu e que merece carinho, como eu. Mas não mais eu. Seremos nós dois para sempre.

Você é o raio de sol que vai iluminar muitas pessoas.

Eu sou o sol poente que já iluminou muito, com todas as forças, e agora quer dormir.

Um dia fizemos um lindo e poderoso eclipse.

Cá estou a escrever o inaudível. Tem dias em que você não consegue manter seus impulsos loucos por mim e atua sem limites. O último sinal que você mandou foi impressionante.

•✧•✧•

— Gostaria apenas de ter sua amizade, senão preciso te bloquear, estou com uma pessoa e acho isso chato. Obrigado.

Assim foi a última fala dele para ela. Ela calou. Estava cansada. Mais uma vez entre tantas, ele se passou por outra pessoa ao telefone. Ela atendeu, às vezes não muito atenta a quem estava do outro lado da linha, mas percebeu que era alguém usando uma voz disfarçada. Mesmo assim, manteve-se prestativa. A confirmação de que era ele veio no outro dia, em que a pessoa desmarcou o compromisso que havia feito com ela. Certificou-se de que era ele. Era tudo o que precisava e queria naquele dia. Um sinal. Ela tinha ouvido a voz dele, sabia que era ele. Ele ouviu a voz dela, e agora estava energizado para seguir sua vida — ela existia. Ele sempre conseguia o que queria, mesmo em circunstâncias adversas. Ele lembrava dela cada vez mais nesses últimos tempos, dava bom-dia, desejou bom trabalho, estava cada dia mais próximo. Sempre muito soberano em controlar através dos horários, o que ela considerava algo extraordinário, e entendia como carinho. Palavras eram desnecessárias, porque a conexão dos dois era a melhor comunicação. E a relação deles era difícil para outras pessoas entenderem; para uns, loucura, para outros, sem explicação. Tudo ficava na linha tênue do não dito, mas do pensado e do mostrado. Por vezes, eram tantos os sinais que ele mandava que ela pedia para traduzi-los em palavras — era uma maneira de fazer com que ele se expressasse melhor e de ela dizer que, sim, havia recebido os sinais. Ela queria ouvi-lo, mas ele não falava. Não com palavras, mas com atitudes.

O que ela não havia dito a ele é que estaria indo em sua direção. Uma viagem de negócios os mantinha na mesma cidade, no mesmo país. O pensamento dela fluía de tal maneira que a surpreendia, começava a delirar: *se ele souber que estou tão próxima, utilizará as mesmas comunicações?* Seu corpo estremecia, sentia uma energia desestruturante quando ele estava perto. Era como se a vida se movesse de um jeito diferente, jogasse-a em caminhos tortuosos e ao mesmo tempo floridos, suaves, ensolarados. Ela queria chegar logo, iria registrar todos os sinais, mas, com certeza, ele ficaria sem saber como proceder. Ao tomar conhecimento da estadia dela em sua cidade, o que ela mesma informou, ele ficou trêmulo, ansioso. Maior que as sensações, só a alegria de saber que ela já havia saído da cidade. O retorno da sua viagem era previsto para dois dias e seria breve naquele país, porém carregada de significados. Retornou e fez questão de mostrar que tinha conseguido ir para perto dele sem causar maiores escândalos.

Quando ainda moravam no mesmo país, ela se permitia ter mais coragem de chamá-lo.

Duas quadras os separavam. Ela pega o telefone, liga para ele e o convida para tomar um café. Ele recusa, quer vê-la, mas fica com medo de que os outros vejam os dois juntos. Não se sente seguro. Ela insiste, dizendo que quer apenas conversar sobre muitas coisas. Ele recusa novamente. Desligam. Ela volta a olhar o telefone, ele também. O pensamento, o sentimento e o desejo ali intactos. No outro dia, o ronco da moto dele rompe tudo, um barulho ensurdecedor, e, para ela, devastador. Ela se contém, sentindo um misto de alegria, euforia, paixão e felicidade; quer vê-lo, porém apenas ouve os sinais que traduzem o desejo dele.

Ela relembrava novamente aqueles poucos encontros e novamente escrevia.

Loucura.

No dia seguinte, eram apenas quinze minutos que ele poderia ficar ali com ela.

— Quantas vezes nos vimos?

— Quatro vezes — ela respondeu.

Foram os últimos quinze minutos. Ele se foi e não conseguiu dizer adeus, e ela, em absoluta insensatez, não percebeu que nunca mais poderia tocá-lo novamente.

Foi suficiente aquele olhar contendo desejo, o que mais ela queria além disso? Talvez ele tivesse a palavra, mas ela só tinha pensamentos, que no momento não conseguia expressar. Havia uma completude, era o encontro dos dois que faltava. Palavras, olhares, perguntas, respostas, sentidos, respirações ofegantes, tremores, sentidos aguçados. Estão próximos, no mesmo ambiente, presos naquela emoção; ele se vê enlouquecendo de desejo por ela, ela percebe e delira. Ela relembra novamente os primeiros encontros.

Ele menciona:

— Tenho vontade de te tocar.

Ela sorri, os olhares ficam presos um no outro, ela estende a mão, rapidamente se tocam e ela recua, com receio. Tocaram-se pela primeira vez. Eles querem mais, o tempo passa, é hora de ir.

— Fica mais um pouco, deixa eu te olhar.

Eles ficam estagnados no tempo. Ela insiste:

— Posso te abraçar?

Ele sorri com medo, talvez já sabendo o que viria depois, mas, para ela, era aquele instante ou nunca mais. Não haveria outra chance, nem ela queria outra pessoa se não fosse ele. Ele estende a mão como um exímio cavalheiro, seus corpos ficam próximos como se temessem ou respeitassem um ao outro, ela sente o corpo dele e se ajeita ali; queria eternizar aquele momento. As mãos deslizam, querendo conhecer o que mais havia naquele momento que tirava os dois da realidade. O abraço se estende por um instante. As emoções zombam dos dois. Ela quer mais e sabe que, se deixar passar esse momento, não haverá outro igual.

Ele fica petrificado, seus corpos se afastam um pouco, ela olha para aqueles olhos negros, os lábios dos dois se tocam, o beijo. Ele quase não retribui o beijo, de tão perplexo que estava. Depois, segura o rosto e a beija na face com força, mas com carinho, mostrando o quanto era querida por ele. Ela quer que ele fique mais.

— Fique mais um pouco.

— Como vai ser?!

Ele quer saber. Mas nenhum dos dois fala, apenas se perdem nos olhares.

— Como vai ser? Estou entrando de férias, vou viajar para a Croácia.

Quase um mês longe dela. Ele não queria ir, mas estava tudo pronto para a viagem. Quando chegou em casa, ligou para ela.

— Venha aqui, agora!

— Não posso.

— Só quero te beijar, venha, estou sozinho aqui em casa, venha.

— Amanhã de manhã eu irei.

Desligaram o telefone, mas ele ficou sem acreditar que ela iria na casa dele. Ela ria, estava muito feliz com a ligação dele, não poderia ser verdade o que acabara de acontecer. E todas aquelas interrogações que insistiam em vir à sua mente: por que nesse momento da minha vida? Por que ele? Quem o mandou até aqui? O que fazia com que ela sentisse tantas emoções por causa dele? De onde mesmo ele veio? Ele refletia do mesmo modo. De onde ela veio? Quem é essa linda mulher? E justamente naquela noite de lua cheia explodia uma luz em cima dos dois, emanando ainda mais paixão.

Ele deitou-se, mas o sono, ah, o sono, como dormir? Pensar no que tinha acontecido era muito melhor, pensar naquela tarde quente e naquela noite fria... não! Era verão! O que estava acontecendo? Ele estava com frio, vendo a lua cheia, sentindo o cheiro da noite, sentado na sacada de sua casa, sentindo tudo de novo. Ela bebia um chá sentada na escada que levava à piscina de sua casa, ali mesmo, no chão, pois ela queria recuperar os sentidos. No auge do verão, começava uma linda paixão.

Os amigos vieram e o levaram para a noite, para longe. Falaram sobre ela, sobre eles, beberam, riram, mas, quando ele deitou em sua cama, não conseguiu dormir, só pensava no outro dia. Ele viajaria sem ao menos se despedir dela.

Pela manhã, uma hora antes do combinado deles de se encontrarem na casa dele, o que ele não acreditava que aconteceria, ela acordou num sobressalto, tomou banho, passou seus cremes e escolheu uma lingerie, mas sentiu que não estava bem. Seu coração estava muito descompassado, e nesse momento quis tocá-lo para acalmá-lo. Sabia que era o grande momento de sua vida, mas precisava manter certo equilíbrio das emoções, o que por ora estava sendo bem difícil.

Era hora de ir, ele deveria estar esperando. Com a lingerie escolhida, vestiu uma blusa de seda, uma calça, seu sapato de salto e sua bolsa, coisas básicas, porque depois iria direto ao trabalho, e, assim, foi para a casa dele. As residências eram próximas, e ele havia dito a ela o endereço, mas ela não conseguia se lembrar, então telefonou e logo chegou à casa dele. O portão estava aberto, era só entrar, mas logo percebeu que alguém a observava. Ficou atônita, pois sabia que ele era casado.

Ele estava de braços abertos, esperando-a, mas ela não aceitou o abraço e recuou, pois estava passando mal, e ele, receoso, sentou num canto do sofá, e ela no outro. Ela estava em estado de choque. O que estaria acontecendo? Um misto de emoções: alegria, medo, vergonha, pavor, culpa. Não deveria estar ali, queria muito, mas deveria? Ele começou a se preocupar.

— O que houve? Por que está assim? Eu pensei que você não fosse vir, ontem à noite saí com meus amigos — encolheu-se mais ainda no canto do sofá.

Ela não respondeu, apenas tentava pensar no que estaria acontecendo.

— Você quer água?

— Sim, por favor.

Ele levantou-se e caminhou até a cozinha, que ficava do outro lado da sala de estar. Ela o acompanhou com o olhar caminhando calmamente até a geladeira, serviu água em uma taça e veio até ela. A água estava gelada, e foi o que a fez recobrar seus sentidos naquela manhã. Ela bebeu mais, riscava a taça com seus dedos no gelo que se formou ao redor, ele observou aquele gesto e sorriu. Nisso, os olhares se encontraram, ele se aproximou e ela se afastou, ela não estava preparada. Ele se afastou e depois voltou-se até ela, colocou a mão em seu ventre e depois no ombro e a beijou. Dessa vez ela cedeu. Esse foi o momento deles.

— Vamos lá no quarto?

— Vamos.

Eles subiram as escadas que davam para o quarto dele. Ele estava ardendo de desejo. Lá fora o sol, ali dentro o desejo, a paixão. As roupas ficaram jogadas uma para cada lado, não pensavam em nada; medos, prazeres, amores, só sentiam toda a paixão. Entregues ao puro desejo. Beijos, carícias, palavras de amor, suspiros, murmúrios, desejo ardente. Tomaram banho juntos, divertiram-se com água fria numa manhã quente, entre beijos e carícias. Eles se tocavam com admiração. O olhar dele a instigava, assim como o dela para ele. Ela havia superado a timidez, a fraqueza, a submissão, o medo. Ganhava ali, naquele verão, a sua liberdade emocional. Ele entendia isso, e iria proporcionar tudo a ela. Saíram do banho, era hora de ir. Ela se vestiu, pegou sua bolsa e, ao sair, ele a segurou num forte abraço e perguntou:

— Posso te ligar?

Ela foi, ele ficou. No caminho para casa, ela pensou que tinha feito o que sempre pensou em fazer. Não haveria arrependimentos.

Dias se passaram, houve uma troca de mensagens carinhosas, mas nada além disso. Ela pensava que já havia dias que não o via, mas o telefone da sala da frente de seu escritório começava a tocar insistentemente, e, quando atendiam, não era ninguém, ou era engano. Ela sabia. Era ele. Era assim que ele se mostrava para ela, que a fazia refém. Quando ela saía do escritório, sempre havia um carro à espreita; ela sabia que era ele que adorava vê-la. Ela sorria, sentia-se feliz, e seguia sua vida. Mas sempre relembrando a primeira vez que fizeram amor, relembrava e escrevia sempre, quantas vezes forem necessárias até o dia em que ela estaria exaurida de tanto relembrar e reescrever sobre a manhã na mansão.

Na varanda de sua casa, ela observava pássaros no céu,
um bando deles,
três, um,

outro mais belo, o que há aqui?

Algum tempo passou, era época de chuvas, talvez meses. Ela olhava da janela de sua casa os pingos que batiam incessantemente sobre as folhagens de seu jardim; aquele barulho, aquela visão a fez lembrar da manhã na casa dele. Pele arrepiada, corações descompassados enquanto se tocavam. Ficou submersa nos seus pensamentos. Ele não veio nem para dar bom-dia a ela. Tudo para os dois tinha um significado — os minutos, as horas —, cada qual com o seu. Por vezes, ela acreditava estar delirando com tantos sinais.

Ela escrevia o que lembrava do primeiro encontro diversas vezes, era uma maneira de rememorar, reviver, sentir tudo de novo. E tentar esquecer.

Quem é ela, o que quer, o que faço agora com o que estou sentindo por ela? Ele questionava seu amigo, e riam porque mais uma vez a paixão irrompeu suas vidas e a emoção tomou conta.

Um dia, a briga.

— Por que você não me liga?

— Ah, estou aqui jantando.

Ele era monossilábico, o que a deixava furiosa. Ele se divertia, brincava com os sentimentos dela. Para ela, esse era o modo como ele agia e pronto, ele era assim. Conversavam, mas nunca chegavam a um encontro, que era o que ambos queriam. Falas, pensamentos, minutos, horas e nada de se encontrarem novamente, mesmo que soubessem do desejo. Na madrugada, ele começou a se preocupar com ela, mudou seus hábitos, e ela também, ao perceber as mudanças. Conseguia dormir um pouco melhor agora, mas antes sentia aquela tensão nas horas em que ele estaria on-line. Ela resolveu dormir e sonhar, e sonhou com as mãos dele, com seu rosto, com sua voz. Tudo parecia tão real. Ele tinha sonhos eróticos sempre, toda noite, em todo sono. Nesses dias, ela sentiu tristeza, solidão, parecia estar perdida, não tinha notícias dele. Ela queria ligar para ele, dizer que queria passear, olhar seu rosto lindo, abraçá-lo, beijá-lo, ficar ali em sua frente apenas olhando-o e sentindo aquela energia renovadora.

Ela estava em casa, foi até sua cozinha e ferveu um bule de chá antes de ir ao trabalho, pois teria diversas reuniões naquele dia. Apesar de tudo, gostava muito do emprego e das complicações que ele trazia para sua mente. Quando era bem jovem, nunca se imaginava sendo alguém que conseguiria processar tanta informação no mundo do trabalho. Sua especialidade era identificar os problemas e necessidades dos clientes, orientando-os em consultorias estratégicas especializadas. Sua empresa de consultoria possuía um grande número de colaboradores espalhados pelo mundo e ela era quem administrava o império que ela própria havia conquistado. Como sempre fora ensinada a expandir seus negócios, ela mantinha esse aprendizado diariamente, portanto fazia sucesso em seu trabalho e assim conheceu ele, quando foi até sua empresa buscar uma sugestão de investimentos.

Foi dessa maneira que ela o conheceu naquele dia em seu escritório, em que seu amigo e sua filhinha estavam lá para vê-la. Sempre que fechava os olhos, imagens do dia em que o conheceu passavam pela sua mente, todos ali naquela sala, e o tempo os aproximava.

— Eu não posso mais pensar nisso! — falou para si mesma, foi para a cozinha vazia e tocou levemente na xícara de chá quente que havia preparado. Ninguém nunca soube através dela o que estava acontecendo, a não ser sua terapeuta. Ela não havia contado para ninguém algo tão comum na vida das pessoas: apaixonar-se. Ela preferia que fosse assim, sua escolha. Quando tudo começou com ele, ela nem havia percebido o que estava acontecendo; um sopro de vida em meio a tantos dias de trabalho. Então, lá em sua casa, ela sentiu que poderia ser sempre assim com ele, sentia-se feliz apesar do sofrimento. Mesmo se os dois escolhessem viver juntos, não haveria possibilidade, tudo seria muito difícil, o mundo dele era outro.

O tempo passou, mas tudo permanecia como antes, o medo era constante. Prejudicar nunca, sentir sempre; conquistar sempre, magoar nunca, e assim passavam-se os dias. Os pássaros migravam, o vento mudava de direção, o clima se alterava como as emoções deles. Mas o desejo permanecia, ele mudava as estratégias, e de nada adiantava: ela permanecia serena em suas atitudes, até quando não sabia. Ele insistia, calculava, agia, e ela não, bastava ficar ali esperando. A foto dele estava sempre ali, diante dela; ela o admirava, queria fazer carinho nele, pois aquele olhar a encantava e era envolvente. A voz dele era ora macia e sedutora, ora agressiva e negadora. Ela esperava, e às vezes ele aparecia para dar um oi. Faziam amor apenas com os olhares, tamanho era o desejo.

Um dia, ela estava passando pela empresa dele, na esperança de vê-lo, mas nada. Naquele dia, ela o viu saindo do prédio, olhando para a rua que dava para o seu escritório, e depois olhou para o relógio. Horas — ele estava obcecado pelo tempo. Sabia que naquele exato momento ela sairia do trabalho. Ela passou por ele, ele olhou o telefone, e nada. Ela ficou com medo de bater o carro, poderia ter feito o retorno, voltar e convidá-lo para sair beber, mas conteve-se e foi para casa mais uma vez.

No caminho, parou e escreveu uma mensagem para ele. Aquele dia era muito especial para ela, e ela o fez saber disso. Ela o achou preocupado, mas lindo. Comprou bombons e enviou-os a ele. Fez isso sem pensar nas consequências, foi uma atitude totalmente impulsiva, mas que demonstrava a alegria de tê-lo conhecido e amado. Ele recebeu os bombons no meio do escritório, sob o olhar de todos, e não eram poucos. Ficou furioso. Mas não tomou nenhuma atitude, continuou o trabalho sem ao menos agradecer o gesto dela. Passaram-se dias, ela ligou para ele e ele desligou o telefone, apenas disse que não queria falar. Mais dias se passaram, ela ligou novamente e ele estava mais solícito, mas disse a ela que não tinha gostado nem um pouco daquela atitude.

— Passei a ser gigolô agora? Por que isso? Diante de toda a empresa?

— Costumo dar presentes para as pessoas que admiro e gosto — respondeu ela, mas não havia palavras que acalmassem a sua fúria. Ela resolveu desistir.

Apesar dessas poucas discussões, ele se fazia presente em todos os dias da vida dela. Ela era regida pelos sinais dele e ficava muito triste quando ele passava dos limites. Por vezes, ela sabia que ele a fazia acreditar em coisas que ela tinha certeza de que eram mentira; tentava atordoá-la.

Mas era pura e louca paixão, ele não esquecera dela um dia sequer após se conhecerem naquele escritório.

Todas essas emoções trouxeram mais sentido para a vida dos dois. Eles eram carentes, e nada melhor que uma paixão para preencher seus vazios existenciais. Quem eles realmente eram em suas personalidades, nunca saberemos, apenas que foram duas pessoas que conseguiram viver intensamente uma paixão.

Ele sabia como fazer, aparecia ora aqui, ora ali na mídia, mostrando-se para ela, trabalhando ao máximo para que sua empresa não saísse do foco da sua atenção. Bom para ele e maravilhoso para ela, pois se dava conta do esforço que ele fazia para estar entre os melhores, e sempre conseguia. E, agora, a saudade chegava e desestruturava os dois. Por vezes se tornavam agressivos com pessoas ao seu redor, tudo em virtude da saudade, da falta que um sentia do outro. Ela sentia medo de agir sem pensar e ir ao encontro dele, de agarrá-lo e dizer o quanto ele mexia com ela. Ele, sempre muito cauteloso, com medo de romper o silêncio e de perder a sanidade, pois sabia das consequências. Assim que ela restabelecia suas emoções, lá estava, à mercê dos sinais insistentes mais uma vez, e, nos dias em que não sentia os sinais, ficava com grandes vazios no seu dia. Ele foi a primeira pessoa que realmente soube lhe transmitir emoções, preenchia todos os momentos da vida dela. Quando ela sentia os raios de sol tocando sua pele, ela ainda lembrava dele, o vento, as estrelas, a lua e até mesmo um copo d'água. Ambos lembram um do outro com carinho e com uma enorme necessidade de estarem juntos.

— Há dias que não te vejo, mas você sabe me encontrar.

Amanheceu certo dia com a sensação de que ele estava escorregando em suas mãos; sentiu medo, saudade e um misto de tristeza quando se imaginava sem ele. Mas a reaproximação só tenderia a fazê-los sofrer. Por vezes, ela pensava estar enlouquecendo e escrevia seus pensamentos, o que a ajudava muito. Uma mensagem quebrava o silêncio.

Ela manda uma mensagem:

— Vamos nos ver?

Ele responde:

— Melhor não, jamais vou querer magoar você. Você sabe melhor do que eu.

E assim, meses se passaram, a saudade sempre ali presente. Ela chegava a se sentir culpada quando não pensava nele, e hoje, os telefones continuavam a tocar; ele mostrando a ela que estava pensando nela, que queria mantê-la. Ela, sempre esperançosa de que ele fosse até ela ou mandasse uma mensagem para se verem, mas era em vão, tudo em vão, porque ele nunca a chamou depois daquela primeira vez. Quando ele viajava para fora do país, ela sentia, sem mesmo ele avisar, que estava sozinha. Seus dias eram vazios de emoções. Das vezes em que ela ligou para ele, em uma ele atendeu.

— Você pode falar?

— Estou em viagem.

— Você vai estar aqui essa semana?

— Sim.

— Quando começam suas férias?

— Dia quatro de março.

— Vamos nos ver amanhã ou no seu primeiro dia de férias?

— Amanhã.

Depois, ele lembrou que tinha um café com empresários.

— Ah, amanhã não vai dar.

Uma pergunta que ela jamais vai esquecer, que a deixou sem fala.

— O que você quer comigo? Sei lá, você é uma mulher tão bem resolvida, o que você quer com um cara como eu?

Ela emudeceu, sentiu vontade de desligar o telefone, mas ficou ali, ouvindo-o.

— Você continua me provocando.

— Só eu, né?

— Você me deixou com desejo, com vontade de fazer amor contigo, agora! Toda manhã quero fazer amor contigo como daquela primeira vez e das outras manhãs que você foi lá em casa.

Mas eles não podiam, tinham medo. Essa paixão poderia se transformar em amor? Ela acreditava que era amor, e que ele tinha medo de admitir que amava aquele jeito louco dela. Quando os dois pararam para pensar sobre seus encontros, não acreditavam no que haviam vivido, era tanto carinho que parecia sonho. Sim, paixão romântica, pura, verdadeira, embalada com muitas luas cheias, músicas, suspiros, saudades e muita vontade de repetir tudo. Como ele conseguia transformar cada pensamento em ações tão verdadeiras e funcionais em seu trabalho? Ela ficava admirada. Seria ele o mais apaixonado? Não, era ela que ficava culpada por seu trabalho, que por vezes a mantinha sem pensar nele. Para ela, essa paixão foi um renascimento, um enfrentamento de todos os seus conflitos internos, suas dificuldades emocionais, pois sua vida era sem graça, até o dia em que ele passou em sua frente. Ela, dentro de seu carro, ele, caminhando cabisbaixo na frente dela, segurando uma carteira na mão, com expressão de poucos amigos. Um mês depois, alguém marca para vê-la. Era ele. Quatro encontros foram suficientes. A paixão se fez.

Ela seguia seus dias, envolvida no trabalho, e ele também. Permitiam-se ter poucos diálogos por telefone quando a saudade arrebentava o coração dos dois. Na manhã seguinte, ela colocava sua roupa de caminhada e saía, não importava o tempo, desde que não estivesse chovendo ou nevando, lá ia ela para sua introspecção matinal. A caminhada a ajudou a se recompor depois de conversar com ele. Por vezes, a luz do sol ou o branco da neve feria seus olhos enquanto pisava no gelo e na calçada.

A primavera era a estação favorita dela. Fazia planos e projetos, por vezes comparava seus planos a uma árvore, pois não sabia exatamente que direção tomaria ao crescer. Antes de sair para caminhar, naquela manhã, pôde ver suas flores florescidas no jardim, assim como seu vasto pomar à espera de mais luz do sol para continuar sua beleza primaveril. Depois, ficou admirando o sol por um longo tempo e sentindo o perfume das flores, sentindo o calor tocando de leve sua pele que ainda ardia de desejo dele. Ao se aproximar do local de caminhada, percebeu que havia várias pessoas buscando, assim como ela, a luz do sol e o contato com a natureza que há meses parecia não existir mais por conta das inúmeras nevascas que ocorreram. Ao se aproximar dessas pessoas, elas pareciam amigáveis, outras nem tanto, mas a fizeram lembrar do quanto estava afastada do contato de pessoas. Seria esse o motivo de tanta busca por aquele homem que a deixava à deriva em seus sentimentos? O curioso é que a lembrança dele já não a fazia sofrer tanto, mas se questionava: como estaria a vida dele?

Durante muito tempo ela tentou esquecê-lo, mas fora impossível, então acabou transferindo todo o seu amor ao trabalho e a seus novos e inesperados projetos. Ela sabia que abafar este sentimento só a levaria ao fracasso sentimental, e a faria sofrer ainda mais. A sua ideia era seguir com a vida, sem mentiras para si mesma e sem pretensão de tê-lo para si.

Em busca do reconhecimento de si, o casal precisava de um lugar, mesmo que imaginário, em que se viam juntos, e, quando solicitados, um pudesse suprir as necessidades do outro. Isto os tornava especiais para si, para o outro e para a vida.

FIM

A partir de hoje, ela foi viver a vida dela, porque ele havia se afastado dos sentimentos que ela tinha desenvolvido por ele pelo fato de que estava ainda se envolvendo com colaboradoras da empresa. Sim, era doença, ou então uma maneira bem cruel de se divertir com ele mesmo e com seus amigos, porque ele expunha seus casos amorosos para todos. Ela não considerava esse comportamento coerente, então resolveu se livrar de tudo. Toda a admiração tinha ido embora, e ela agora queria viver plenamente seus dias sem ele. Será que ela é capaz? Não sabemos. Ela recuperava a vida no trabalho, com amigos, cuidando de sua saúde física e mental. Dividiu essa decisão com sua terapeuta, que a ajudaria a se organizar. Tudo, desde o seu trabalho desorganizado, o que a deixava esgotada, até a organização das redes sociais, incluindo a retirada dos contatos dele da sua vida. Mas o fato é que, ao fazer isso, ela tinha certeza de que ele viria procurá-la. Como agir? Recusaria. Seria suficientemente capaz de tal atitude?

Expressar sentimentos, os verdadeiros sentimentos que desenvolvemos por pessoas queridas, nem sempre é uma tarefa fácil. Sentimos medo de expressar que amamos ou que desejamos uma pessoa ou uma relação, e, então, suprimimos o que sentimos. Parece-nos paradoxal, e é, quando queremos ser aceitos, mas não conseguimos aceitar o que sentimos, por medo, vergonha ou orgulho. Essa maneira de opressão dos sentimentos começa lá na infância, quando escondíamos o sentimento de nossos pais para nos tornar mais aceitos por eles. Com o passar do tempo, já adultos, convivemos com perdas e frustrações e sofremos, e, assim, tentamos evitar essa dor nos escondendo dos nossos verdadeiros sentimentos. Nossas emoções são primordiais em nossa vida, não apenas para nossa sobrevivência, mas para o nosso bem-estar, pois elas são as informantes sobre nossas necessidades. Quando reprimimos ou evitamos tais emoções, estas vão se acumulando e resultam em mais e mais controle sobre nós, e, se não nos damos conta, podemos desenvolver transtornos mentais. Por outro lado, já mais saudável, se aceitamos nossas emoções e vamos permitindo que elas sejam expressadas verdadeiramente em sua essência, estaremos abertos a ouvir o que elas nos têm a dizer sobre nossos mais íntimos desejos, entendendo, assim, sua causa real.

Na época em que decidiu se livrar do sentimento que desenvolveu por ele, surgiu uma viagem a trabalho para outra cidade, o que a deixou muito feliz, pois iria mergulhar no trabalho e esqueceria dele. Ao chegar no hotel em que sua secretária havia reservado a suíte, deparou-se com um homem que estava sentado no bar do lugar, bebendo um uísque, vestido impecavelmente com um terno azul, de aspecto muito agradável aos olhos dela, pois possuía um porte atlético, dotado de um belo bíceps, visível mesmo de terno. Aquele homem havia chamado sua atenção. Porém, como estava chegando ao hotel, subiu até a suíte, tomou uma ducha e teria que se vestir, pois tinha uma reunião importante dentro de poucas horas e queria se preparar, além de ter alguns comentários a acrescentar na pauta da reunião. Assim que o fez, pegou sua bolsa de trabalho e foi até o elevador. Novamente, lá estava aquele homem, eram vizinhos de suíte. Eles se olharam e um breve sinal de cumprimento foi realizado. Quando o elevador chegou, ele entrou e disse a ela:

— Você vem?

— Se você não se importa, pois o elevador é um pouco pequeno.

Sorriu.

— Lógico, pode vir.

Nisso, ela entrou no elevador e desceram até o hall de entrada.

— Você é daqui? — ele perguntou a ela.

— Não, estou a trabalho.

— Parece que somos vizinhos de suítes — ele riu ao dizer a ela.

— Verdade, somos mesmo.

— Parece que vamos nos encontrar bastante por aqui. Você ficará muitos dias?

— Dependerá da reunião que terei daqui a alguns minutos.

— Espero que possamos tomar um drinque juntos ao entardecer.

Ela apenas sorriu e cada um seguiu o seu destino.

Ao entrar no carro da empresa que a aguardava na frente do hotel, começou a pensar no homem que havia conhecido. Não sabia nem o nome dele, mas sentiu uma energia muito boa ao encontrá-lo no elevador; a proximidade deles havia feito muito bem a ela. Queria vê-lo novamente, queria conhecer mais sobre toda aquela simpatia que emanava dele. O olhar, o jeito de se portar, era diferente, era novo, era sutil, delicado, mas ao mesmo tempo forte. Ela havia gostado do que acabara de ver. Ela viu um homem que despertou sua vontade de fazer amor, o que há tempos não acontecia, mas agora estava disposta a se envolver com alguém de fora de seu círculo de pretendentes.

Nesse mundo de solteiros, a gama de pessoas que buscam novos parceiros sexuais é vasta, mas ela não se incluía, pois não gostava de envolvimento em demasia com pessoas estranhas. Em toda a sua sensibilidade, precisava sentir uma atração pelo par para depois pensar em sexo. Assim, diminuía ao máximo os encontros; era muito observada pelos homens e por algumas mulheres, mas nunca havia se envolvido com elas. Preferia manter poucos e bons parceiros sexuais, pensava que assim se preservava e não desenvolvia problemas em sua vida.

No final do dia, estava esgotada, pois a reunião tinha sido bem desgastante, então voltou ao hotel para descansar. Foi até a sua suíte, tomou um banho relaxante, pediu uma bebida e ficou ali se distraindo com a paisagem vista da sacada. O entardecer estava lindo, ela apreciava o pôr do sol, era um momento de relaxamento e de colocar seus pensamentos em ordem. Ficou ali sentada na cadeira por mais um tempo até sua bebida acabar, então lhe veio o pensamento daquele homem que não sabia nem o nome, mas que tinha certeza de que encontraria no bar do hotel. Queria vê-lo e saber seu nome. Levantou bruscamente da cadeira, bebericou mais um pouco da bebida que estava deliciosa e foi vestir uma roupa, pois iria descer até o bar. Escolheu um vestido verde que acentuava a cor de seus olhos, colocou um salto, maquiou-se suavemente, soltou seu cabelo e foi ao bar do hotel, em busca do tal homem. No elevador, lembrou que não havia passado nenhum perfume. *Melhor assim*, pensou, pois acreditava que os melhores odores são aqueles exalados pelo próprio corpo, desde que este esteja saudável. Assim, considerou-se arrumada para aquele encontro que não tinha certeza se aconteceria.

Chegando ao bar, deparou-se com ele e um amigo. Eles trocavam muitas risadas e o assunto parecia estar fluindo entre os dois. Resolveu não interromper e ficou numa mesa sozinha à espera de sua bebida. Aos poucos, os olhares foram sendo trocados sem a menor pretensão, o que a agradava, não queria nada forçado e tampouco vulgar. Quando sua bebida chegou, percebeu que o amigo dele havia saído e ele estava sozinho. Aguardou mais um pouco e então ele se aproximou no mesmo instante em que ela estava indo até ele. Um sorriu para o outro. Foi natural, assim que ela gostava. Ele se apresentou como Theo. Ela gostou do nome dele, delicado e forte. Logo pensou em como seria o sexo deles, delicado, mas forte, sentiu um calafrio, ficou muito excitada quando ele tocou seu braço; queria mais, queria sentir seu corpo, queria talvez um abraço. Mas foi só o que aconteceu naquele momento, apenas um toque no braço e nada mais. Sentados à mesa, à espera do jantar, os assuntos eram os mais diversos possíveis. Suas empresas eram semelhantes, envolvidas com pessoas de outras empresas, então não faltou assunto. Trocaram mais algumas informações sobre o mercado de trabalho e resolveram não mais falar sobre isso, pois queriam se conhecer. Tudo estava indo tão bem que ela esquecera por completo que estava à mercê de um outro relacionamento em que apenas ela se sentia presa. Mas essa ideia passou muito rapidamente em seus pensamentos e logo estava atenta àquele homem lindo que estava à sua frente, cortejando-a.

Após o jantar, resolveram conhecer a noite do lugar, suas avenidas com seus bares lotados, gente jovem, assim como eles, curtindo a noite, curtindo a vida. Ao voltar ao hotel, após o passeio, ele a convidou para subir à sua suíte, e ela, com certo receio, preferiu que fossem até a suíte dela, assim se sentiria mais tranquila e segura. Ele aceitou o convite para tomarem uma última bebida em seu quarto. A suíte dela era composta por uma sala enorme na entrada, onde permaneceram até ele servir a bebida que estava perto da lareira. Sentaram-se no sofá da sala e ali estavam mais próximos. Ela pôde sentir o desejo dele por ela, era o momento que tanto aguardava e falou isso a ele. Sorrindo, ele se aproximou e então beijaram-se. Foi um beijo breve, mas gostoso, intenso, seguido da troca de carinhos, o que a deixou desejosa do homem chamado Theo. Ela não se enganara com relação ao sexo, foi delicado e forte. Não havia mais razão para duvidar de seus próprios instintos, ela conhecia os homens, sabia muito bem o que fazer quando sentia atração, não havia erro. Theo saiu da suíte com intenção de voltar, pois ficariam mais alguns dias no mesmo hotel. E assim, ao entardecer, todos os dias em que estiveram ali faziam amor, vendo o pôr do sol. No último dia de estadia na cidade, já estavam tão conectados que marcaram de se encontrar em outra data, mas em suas casas, o que ela preferia, porque era mais confortável para ambos.

Nos dias em que estava com Theo, conseguiu esquecer completamente o homem pelo qual ela permanecia apaixonada; ela sabia que era para sempre, sentia que não seria possível esquecê-lo, pois ele não deixava. Ligava para ela sempre que encontrava um telefone que não fosse o número dele, pois ele não se sentia confortável, era humilhante para ele ficar ligando para uma mulher que não fosse a esposa. Então ele desenvolveu vários canais de comunicação com ela, desde que não fosse se comprometer, mesmo quando ela perguntava a ele se era ele que estava ligando e ele negava veementemente. Mas sempre foi ele. Para ele ficar tranquilo em seus dias, para que sua vida transcorresse normalmente, era necessário manter ela sob suas garras controladoras, ela percebia e, por compaixão a ele, deixava acontecer.

Ao entardecer, ela ficava mais sensível, com vontade de saber dele, mas era em vão: ele se esgueirava por entre as redes sociais e sumia do alcance dela. Quando ela conseguia uma foto recente dele, ficava eufórica, e dividia a alegria com ele que, ao ver, sumia novamente. Era um jogo, ele sumia e ativava outros sinais para se fazer presente. Quando ela viajava a trabalho, ele mantinha alguém da empresa dele por perto para vigiar, cuidar, prestar apoio; ela não conseguia entender realmente o que era, o que ele pensava, mas sabia que ali tinha amor.

Protegida e vendo mais um pôr do sol em sua vida, ela recebia a noite que se aproximava e corroía seu coração. Respirava profundamente o ar fresco de verão e aceitava sua vida longe dele. Passaram-se mais alguns dias e ela permanecia inerte, e tentativas de comunicação verbal continuavam a ser infrutíferas.

Após seis anos, os sinais se tornaram sutis, principalmente nos dois últimos meses. Houve uma quebra brusca nos sinais, que passaram a ser sonoros, mas mantendo as horas, o tempo. Ele queria se divertir com isso e conseguia, e ela também. Chegaria um dia em que os sinais cessariam, mas o que significaria isso ninguém sabia ao certo — poderiam estar juntos, ou tudo tinha acabado.

Havia uns dois dias em que ela sentia uma sensação agradável ao respirar o ar da primavera com suas manhãs ensolaradas. Não conseguia entender os momentos de plena alegria, pois não havia feito nada para senti-los e nem teria acontecido algo especial para sentir tamanha leveza. Talvez fossem seus pensamentos que a levavam a lugares tão sonhados por algumas pessoas, mas que nunca chegavam àquele lugar. Ela chegou. Chorou ao se dar conta disso. A plenitude de seus dias, de sua vida. Era o suficiente para chorar de alegria, estar de bem consigo e com os outros, sentindo-se amada ao extremo. Esse seria o elixir para todas as amarguras da vida. O amor. Ou melhor, sentir-se amada. Aqui, ela começou a pensar por que as pessoas não conseguiam demonstrar o amor como ele demonstrava a ela. Ela sabia, era muito difícil e por vezes impossível. Era trabalhoso, precisava dedicação exclusiva à pessoa, então, como ele conseguia? Ela amava o cérebro daquele homem, ela amava o que ele conseguia fazer por ela. Mesmo a uma distância considerável, ele se fazia presente.

Ficou horas sem saber dele, o que começou a deixá-la preocupada. Estaria bem? Viajando? Ocupado demais em seus afazeres, ou pior, uma outra mulher surgiu em sua vida? Era pouco provável, ele já não havia tanto o que despender em seus atos para tal atitude, não seria mais necessário, levando em consideração que ele havia se separado e provavelmente estava levando uma outra vida ao lado da amante. Eles moravam em cidades diferentes, com pouca distância entre eles, o que favorecia o encontro dos dois; ou ele iria até ela, ou ela se dispunha a ir ao encontro dele. Após o acidente que imobilizou parte do corpo dele, a amante o havia perdoado e voltou a dedicar seus dias a ele, cuidando e proporcionando suas necessidades. Era o que ele precisava, sexo e cuidado. Ela fornecia. Mas ele, ainda não contente, mantinha-a à distância para massagear seu ego de homem sedutor.

Ela queria dar um tempo para si mesma pensar na vida que levava, na relação consigo mesma e com ele, pois seus pensamentos eram sempre nele. Quando já não se sabe como terminar e pede um tempo das relações afetivas, não é só se afastar fisicamente e temporariamente para que possa ver uma vida contínua com aquela pessoa de longe, mas começar a ter uma visão mais abrangente do que a relação traz, o que eu tenho de bom e o que eu estou proporcionando de bom ao outro, o que ele me oferece de bom e eu não estou sendo generosa em receber, o que ele não está me dando e eu estou precisando. Percebe-se, assim, que há uma extensão do pensamento, um momento de reflexão muito saudável para ambos. Um tempo na relação só funciona se eles estão dispostos a refletir, pois mentes carregadas de pensamento disfuncionais como as mentes dos dois podem adoecer, e era preciso de tempo. Um tempo para a vida e que esta mostre uma vida em geral mais serena, e não um movimento extenuante, sem parar e pensar. Um espaço ocioso para refletir pode ser preenchido com sua essência, dessa forma, você nunca estará sozinho. Uma predisposição ao amadurecimento e ao crescimento na relação. Cria-se uma relação eterna, um romance consigo dá sentido a uma relação com o outro e, assim, ambos podem desfrutar de uma relação saudável. Ame a si e depois ao outro, algo que parece banal, mas tem um sentido muito forte; trabalhe isso em você e verá uma melhora nas suas relações. É um processo delicado e que merece tempo, envolvimento e principalmente e desejo de querer mudar de comportamento.

Alguns poucos, mas importantes comportamentos podem ser adotados para servirem de curativo emocional quando as emoções estão confusas. Algo como tentar identificar o que ajuda a superar a sua dor emocional, quais decisões podem melhorar ou piorar seu estado emocional, o que está te afastando de seus objetivos; se deixou de praticar algum hobby que te dava prazer, retome-o, vigie se seus pensamentos estão sendo funcionais e esperançosos, tente manter esses pensamentos por mais tempo, conviva com pessoas que te apoiem em seus momentos de sofrimento e veja quais comportamentos positivos você poderia adotar para aumentar este apoio por parte delas. Mas, principalmente, fale de suas dores emocionais, por mais insignificantes que possam parecer, para profissionais que sejam adequados e à sua escolha, alguém com quem você se identifique. Assim, haverá superação, autonomia e liberdade de si e das suas emoções.

Na entrada do sétimo ano, ele aos poucos foi voltando. Algo estava prestes a acontecer. Ela podia sentir, pois ele estava a trocar palavras monossilábicas com ela.

Ele se ocupava de seu trabalho, família e amigos, e ela não, o que a deixava mais predisposta a desenvolver maiores implicações emocionais. Foi o que aconteceu: sentimentos e pensamentos estavam em desarmonia, mostrando as desordens causadas na vida dela.

Um longo tempo passou até o dia em que ela conseguiu se sentir melhor com a ausência dele. Aos poucos, com a terapia em dia e uma rotina mais saudável, ela voltava a viver momentos de alegria, sem tanto sofrimento emocional causado pelos pensamentos disfuncionais que mantinha em sua mente.

Ela estava serena em seus dias, mas na expectativa de que ele fosse retornar àquele país para vê-la e rever alguns amigos. Assim, esperou que ele se organizasse. Ninguém sabia o que iria acontecer. Mas os dois sabiam o que desejavam para si.

Com amor,
Nêide.

@vitroladistribuidora

VITROLA EDITORA E DISTRIBUIDORA LTDA.
Rua das Camélias, 321 — Aparecida
CEP: 98400-000 — Frederico Westphalen — RS
Tel.: (55) 3744-6878 — www.vitrola.com.br
editora@vitrola.com.br
www.vitrola.com.br